あしたの華姫

畠中 恵

角川文庫
23727

目次

序

姉さん、久しぶりです。

お墓参りに来る間が、少し空いてしまって、ごめんなさい。姉さんと、ここでしか会えなくなってから、本当に色々あったの。

姉さんが亡くなった時、自死したんだって噂《うわさ》になったこと、前にも話したわよね。おとっつぁんはそのことを、とっても気にしてた。

だって、おとっつぁんが姉さんを、追い込んだんじゃないかって、周りから色々言われてたから。

姉さん。だから姉さんが、自死じゃなかったって分かるまで、おとっつぁん、それは苦しかったと思うの。

真実が分かった後、おとっつぁん、心底ほっとした顔してた。

そしてね、おとっつぁんが姉さんのこと、大事に大事に思ってたって分かって、あたし、泣きそうになるほど嬉しかったの。

今もお夏《なつ》は、おとっつぁんと、時々、ちょっとだけ喧嘩するわ。けれど、あたしとおとっつぁんは、前よりずっと、話をするようになってるの。だから姉さん、安心してね。

そしてね。

姉さん、あたし、姉さんが亡くなった事情を調べてた時、とても素敵なお友達が出来たのよ。お華《はな》という名前の、ちょいと生意気な子なの。

ただね、お華は並とは違ってるの。だってお華は、木偶《でく》人形なんだもの。華やかな、姫様人形なのよ。人形遣いの月草《つきくさ》に動かしてもらって、小屋で語っている子なの。

あ、人形のこと、お友達だと言うなんて、小さな子供みたいだって、姉さん、心配したでしょ。

でもね、お華は並の人形じゃないのよ。凄い噂に、包まれている子なの。

あのね、以前両国《りょうごく》で、真実を語ると言われた真《まこと》の井戸から、二つの小さな玉が出てきたんですって。お華は、その水の玉を目にしてる、特別な人形なの。

だからお華は、今はもうない、真の井戸の代わりに、真実を語ると言われてるわ。〝まことの華姫〟と呼ばれている、そりゃ頼りになる人形なのよ。

そしてね、お華は、話をすることも出来るの。いえ本当に動かしたり、話したりしているのは、いつもお華と一緒にいる、人形遣いの月草なんだけど。

けどね、月草は芸人で、口を開かずに、声音を語ることが出来るから。お華の傍らにいても、お華本人が話しているようにしか、思えないのよ。

お華はね、皆が困っていると、色々助けてくれるわ。だから、おその姉さん、お華は本当に、あたしのお友達なの。

ただね、お華には少しだけ、可愛《かわい》くない所もあると思う。真の井戸がそうだったように、お華は、本当のことだけしか言わないんだもの。

怖い言葉でも隠さず言うから、人形なのに、すっごく生意気だって思えるときが、たまに、本当にたまにだけど、あるの。

そんな時、お華は言うの。真実って、知るのに覚悟がいることなんですって。

その言葉の先に、聞くと辛い〝まこと〟があっても、一旦聞いてしまったら、知らなかった時には戻れない。だから〝まこと〟は、覚悟もなしに、求めてはいけないんだと。

あたし、お華の言葉が怖くなって、時々、黙り込んだりした。そしたらね、姉さん、お華はふわりと両の手で、あたしを包み込んでくれたんだ。

そしてね、大丈夫だって言ったの。

あたしには、おとっつぁんも、姉さんも、お華達もいる。そして神田《かんだ》や、この両国の地で生きてる。だから心配ないって言うの。

この両国の盛り場はいつも、多くの人達を受け止め続けてきた土地なんですって。だから安心して良いって言うのよ。

あたしも、お華をきゅっと抱きしめてた。

そしたら何だか涙が出てきて、ほっとした。それでね、姉さんにこの気持ち、直ぐに話さなきゃって思って、お墓へ来たの。

姉さん、両国にはきっと、明日《あした》に繋がる道があるのね。そんな場所で、お華は今日も明日を語ってる。だからお客さん達が、小屋へ大勢来るのね。

ああ、あたしも、月草の小屋へ行きたくなってきた。姉さん、この後、お華の顔を見てから、家へ帰ろうと思うの。

また来るね。

お華の看病

1

太平の世が続く中、江戸《えど》は初めの頃より、ぐっと大きくなっている。今では、百万からの人々が、この江戸で暮らしているのだ。

よって人々に、日々のお楽しみを届ける盛り場も、あちこちに出来ていた。その中でも両国は、江戸一とも言われる賑《にぎ》やかさで、毎日祭りの日のように人で溢《あふ》れているのだ。茶屋に、団子屋に、寿司《すし》、天ぷらなどの、食い物屋が数多《あまた》、軒を連ねている。芝居小屋に寄席、見世物《みせもの》小屋も数多並び、夏になれば、夜も、遅くまで明かりが消えなかった。

そして、そんな土地だからこそ、両国には日々、大枚が落ちる。江戸の内から、他国から、人も集ってくる。よって両国を仕切る地回りの頭《かしら》は、力が無くてはこなせなかった。

人望も、腕っ節も、金を生みだす力も、親分には全てが、当然のように求められるのだ。付き従う手下や芸人達にとって、頭の出来は、自分達の暮らしぶりに直《じか》に関わる、大問題であった。

（ま、その点、山越《やまこし》の親分さんは、出来たお人で、ありがたいこった）

そう言って頷《うなず》いている月草は、小屋に出て、話芸で木戸銭《きどせん》を稼いでいる芸人であった。木偶人形のお華を相棒にし、声音を操って、まるで人形のお華が語っているかのように見せ、客を楽しませているのだ。

西の生まれだが、今は、両国に住み着いている。そして、山越という地回りの親分が持つ小屋で、日々、せっせと働いているのだ。

月草が一人で行う芸には、大きな小屋で行う、手妻《てづま》や軽業《かるわざ》師の見世物のような、派手さはない。唯一華やかなのは、華姫とあだ名される、相棒の姫様人形だけであった。

しかし毎日、毎回話が変わっていくからか、木戸銭が、種物の蕎麦《そば》一杯ほどの値の為か、月草の小屋を贔屓《ひいき》にしてくれるお客は、結構いてくれるのだ。

そんなある日、月草は己の小屋で、首を傾げていた。

「はて、おれは寝てたんじゃ、なかったっけ？　いつの間に、小屋まで来てたんだ？」

すると、横からいつもの声が聞こえてきて、月草は魂消《たまげ》た。何と相棒華姫が、小屋にある床几《しょうぎ》の上で、勝手に話し出したのだ。

「月草、月草はまだ、寝床でぐうぐう寝てるわ。これ、夢なのよ。このお華が自分で喋《しゃべ》ってるんだもの、間違いないわ」

そうでしょと言われて、月草は一瞬目を見開いてから、頷いた。そういうことなら、自分が小屋へ来ている訳も納得出来る。

ただ。

「お華、おれは今日まで、お華と話している夢など、見たことないよな？　今日はまた、どうしてこんな夢を見てるんだろ？」

寝ている当人が、夢の中にいる人形へ、訳を聞いているのだから、妙な話だと思う。しかしお華は華やかな袖《そで》を振りつつ、あっさりと事情を語り出した。

「この華姫の目は、月草が、〝真《まこと》の井戸〟の底からくみ出した、真実の水の玉だわ。月草、ちゃんと覚えてる？」

大火となった、振り袖火事の後のこと。徳のある御坊が、末期《まつご》の水も飲めずに亡くなった者達を憐《あわ》れみ、回向院《えこういん》近くに、掘り抜き井戸を掘った。するとだ。その井戸は人々に、水面《みなも》から真実を告げた。それゆえ、ありがたい〝真の井戸〟だと、言われていたのだ。

そして月草も、かつてその井戸と関わった。井戸の底から、二つの水の玉を得ていたのだ。月草はその玉に漆《うるし》で黒目を入れ、自分の木偶人形、華姫の目としていた。

「けれど井戸は、涸《か》れてしまったわ。告げられた〝まこと〟を、受け入れられなかった人が、土をいれたから」

だから、まことの目を持つお華は、特別な者だと言われている。月草の相棒は、〝まことの華姫〟と呼ばれているのだ。

「そしてね、あたしは〝まことの華姫〟だからこそ、月草へ伝えなきゃならないことが、出来たの。だから月草は、この夢を見ているのよ」

月草は、わずかに眉《まゆ》をひそめた。

「だがお華の言葉は、おれが語っている話芸だ。おれはお客さんへ、真実を見通すことは無理だって、いつも言ってるぞ」

月草に、明日《あした》を見通す力などない。八卦見《はっけみ》など、出来るはずもなかった。

ところがお華は、月草の言葉など聞かず、さっさと先を語って行く。それは、思いがけない話であった。

「月草、お夏《な》っちゃんを、守ってあげて」

「は？　おれが、お夏お嬢さんを守る？」

お夏は両国の地回りの頭、山越の娘で、お華のことを気に入ってくれている。月草も、まだ十三のお夏を、妹のように思っていた。

だが、しかし。

「山越の親分は、両国でも名の知れた、地回りの頭だぞ。盛り場に、地面や小屋を多く持つ親分だ。手下だって、沢山抱えてる」

そんな家の娘を、一介の芸人である月草がしゃしゃり出て、助けろというのか。月草は、首を傾げるしかなかった。

「そもそもお嬢さんには、親御の親分が、付いてるじゃないか」

「その親分さんが危うくなったら、お夏っちゃんはすぐ、一人きりになっちゃうわ。もう、おっかさんもお姉さんも、亡くなってるもの」

いざ大事《おおごと》が起きたら、おじじ殿達山越の手下は、親分をまず守りにかかる。山越に従っている大勢の為に、そうする。

この盛り場で一番大事なのは、お夏ではないのだ。

「だから月草だけは、お夏っちゃんを一番に守ってあげて」

珍しいほど真剣に言われたので、月草はとにかく頷いた。

「分かった。おれはお嬢さんのことを、一に案じることにする。華姫に約束する」

この返事を聞くと、木偶人形のお華が笑ったように見えたから、不思議だ。

「それにしても、おれは何で、こんな夢を見てるんだろうな。親分とお嬢さんのことが、心配になるなんて、どうしてなんだろう」

月草がつぶやくと、お華が勝手に語り出した。普段は声色を使い、己が華姫として語るばかり。夢の中とはいえ、お華と語るのは、なかなか面白かった。

「月草、きっと、あれのせいよ。ほら、山越親分に言われて、品川《しながわ》に住む親分さんの親《しん》戚《せき》のところで、月草はあたしと話芸を見せたでしょ。あの日、妙なものを見たじゃない」

「ああ品川で見た、猫いらずか」

親戚のところでの仕事が済んだ後、月草はお華を羽織で包んで背負い、子守のような恰好《かっこう》で、街道を江戸へ向かっていた。

品川の宿《しゅく》では、多くの宿が遊女屋《ゆうじょや》のように飯盛女《めしもりおんな》を置き、賑わっている。店も立派なものが多い。そんな賑やかな宿の道で、月草は、突然目を見張ることになった。

「あ、あれ？　今の、山越の親分さん？」

ずらりと、道の両側に並んでいる店の内、小さめの一軒の前で、己の親分と、すれ違った気がしたのだ。

思わず声を出したからか、その男が店の前で振り向き、月草を見てきた。途端、山越ではないと分かり、月草は慌てて頭を下げる。男は確かに何か、山越を思わせる見た目であったが、遥《はる》かに若かった。

だが、ここで月草は、更に首を傾げた。若者へ目を向けた為、横の店内で買い物をしている、別の男が目に入ったからだ。男は、猫いらずを買っていた。

「おや、あの男、両国のもんだ。頭の一人が使ってる、手下じゃなかったっけ？」

山越の配下は多く、頭立った者も、けっこうな数がいる。そんな頭達の手下となると、月草は、名前もろくに分からない。だが、男の顔は何度か見ており、山越の名の下で働く者だと承知していた。目立つことのない、影のような男だ。

「山越の手下と、両国から随分離れた所で、会ったもんだ」

しかも男は、東海道《とうかいどう》の宿場《しゅくば》で、剣呑《けんのん》な薬を買っていたのだ。

「何でこんな宿で、猫いらずを買うんだ？」

しかしそう思っても、月草は、訳を確かめることなど出来なかった。月草は、男の知り合いではなく、何と声を掛けたらいいのか、分からなかった。しかも己は、大きな華姫を背負った姿で、目立っている。いつまでも、道端から店を覗《のぞ》き込んでいる訳にもいかず、早々に、また道を下り始めた。

ただ、歩き出しても気になった。

(あの男、猫いらずを何に使うんだ？)

並の身なりだし、盛り場で働く者なら、多分長屋暮らしだろう。だが。

(ならば鼠《ねずみ》を屠《ほふ》る為に、猫いらずを買うとも思えないんだが)

猫いらずは、人を殺せるほど剣呑な薬であった。だから子供も暮らす長屋で、食い物に仕込み、そこいらへ置くのは躊躇《ためら》われる。子供は目を離した隙に、思わぬものを口に入れてしまうからだ。

もちろん男は人に頼まれ、買ったのかも知れない。しかしその場合は、両国の店で買えばいいではないか。

その件は、両国に着いてもまだ、月草の頭に残っていた。

(何でわざわざ品川で、あんな薬を買ったのか、不思議だった。実を言うと、本当に鼠を捕る為に使うのか、不安に思ったんだ)

月草は、小屋内で立ち上がり、ああ、そうかと納得した。お華が、お夏を助けてくれと言うような夢を、なぜ自分が見たのか。その訳が分かったのだ。

(もし、あの男が薬を、鼠を殺す以外に使う気なら。一つの使い道は、恨みのある者へ、一服盛ることだろう)

その思いつきには、更に剣呑な続きがある。

(男が金で雇われ、誰かに猫いらずを盛ることだって、あるかもしれない)

その場合、あの男はきっと、一服盛る相手に、恨みも関わりも余りない。だから男は疑われることもなく、悪行を為《な》すだろうと思った。狙われた者は、誰にやられたのか分からないまま、命を落としてしまうのだ。

そして男が暮らす両国で、狙われるとしたら。

(一帯の顔役、山越の親分が、一番危ないに違いない)

月草は、そう思いついてしまった。そして。

丁度そんな時、間の悪いことが起きたのだ。山越は病に罹《かか》り、今、臥《ふ》せっている。今こそ狙われやすいと、月草には思えた。

そして山越が狙われた時、危うくなるのは、親分だけではない。お夏もそうなのだ。下手をしたら、〝ついでに〟一服、盛られかねない立場であった。

「ああ、お華。おれは、お夏お嬢さんのことが、気にかかってる訳か。大丈夫、ちゃんと守るよ」

猫いらずの件が、月草の単なる思い込みで、大間違いであったら、後で己を笑えばいい。そう言うとお華が、横で何度も頷いている。

ただ。ここで月草は、己に首を傾げた。

「親分は確かに、両国じゃ一番、知られた男だ。けれどなぁ」

自分は何で、山越こそ、危ういと思ってしまったのだろうか。山越は、人に恨まれるような人でもないのだ。さっぱり訳が分からず、また首を傾げてしまう。

すると、そんなことをしている間に、明るい光が、月草の周りを包んでいく。明け方が近いのだと不意に思いつき、月草は顔を光の方へ向けた。

2

目を開けた途端、月草は魂消て、蒲団《ふとん》の上に跳ね起きた。思いがけない程近くから、〝真の井戸〟の水で出来たお華の目が、月草を見つめていたからだ。

「なっ、何でお華が……」

いつもは長屋にある荷物入れ、行李《こうり》の上が、お華の置き場所なのだ。だが……息を深く三度ほど吸った後、月草は辺りを見回してから、静かに頷いた。

月草が寝ていた部屋は広く、竈《かまど》も流しも、水瓶《みずがめ》もなかった。すぐ側には、木偶人形のお華が、まるで人のように座っている。その顔が、思いの外、近くにあって驚いたのだ。

「うん……そうだった。おれは、山越の屋敷へ来てたんだ。お華の目が顔の前にあったから、あんな夢を見たのかな」

品川で、猫いらずを買った男を見かけた後のこと。月草は早々に、お夏の為に働くことになり、山越の屋敷で寝泊まりをしているのだ。

ある夜、寝床に入ろうとしていた月草は、迎えに来た山越の手下に、長屋から引っ張り出されたのだ。

「月草さん、おじじ殿が呼んでます。華姫を連れて、山越の屋敷まで来いってことです」

その手下は、委細は、おじじ殿から聞いてくれと言い、月草を急がせた。ただし長屋から出る前に、一つだけ問われたので、事情は伝わった。

「おめえさん、麻疹《はしか》には罹ったことはあるか」

麻疹も疱瘡《とうそう》も、子供の頃罹ったので、大丈夫だと言い、月草はお華を抱えて山越の屋敷へ走った。すると、事は月草が考えていたより、ずっと深刻な話になっていたのだ。

「お夏お嬢さんと……山越の親分さんまで、麻疹に捕まっちまったんですか」

麻疹は大人になってから患うと、重くなることがあるが、山越も、大層重い病状になっていた。先にお夏が病を拾い、心配して付き添った親に、うつったのだ。

（こりゃあ、拙《まず》いことになった）

自分とお華が、呼ばれた訳が分かった。おじじ殿は、親分の看病を引き受けている。そして屋敷には、多くの手下達がいるものの、今は揃《そろ》って、浮き足だっていたのだ。

山越では、跡取りが決まっていなかった。娘のお夏がまだ十三なので、婿を迎えられる年になるまで、山越がわざと、跡目を決めずにいるのだと言われていた。

(山越の親分は、四十になっていない。男盛りだし、それで大丈夫な筈《はず》だったんだ)

だが。山越が倒れた途端、誰が盛り場の後を引き受けるのかと、大騒ぎになっているらしい。病人が二人もいて、まだ高熱でうなされているのに、親戚達が縄張りのことで山越へ、顔を見せてきている。それで手下達は、己の明日がどうなるか、不安に包まれてしまったのだ。

それゆえ、月草……というより、お夏が慕っているお華が、お夏の世話を言いつけられたと思い至った。月草は暫《しば》ら
く山越の屋敷で、寝泊まりすることになったのだ。

留守の間、月草の長屋は山越の知り合いや、手下達が使う。だから家賃は要らないと、おじじ殿から言われた。月草に手間をかける分、金を補ってくれるのだと分かった。

(せめてお嬢さんの姉のおそのさんが、生きておいでだったら。おれは呼ばれなかったはずだが)

お夏に会うと、本当に可哀想なことになっていた。親へ病をうつしてしまったと言い、お夏は病の床で震えていたのだ。

「あたしが、おとっつぁんを殺してしまうんだ。あたしが病に罹ったりしたから、おと

っつぁんが、死んじゃうんだ」

うわごとのように繰り返すお夏は、熱が高く、赤く小さい発疹《はっしん》に、総身を覆われている。月草は、ばあやや小女と一緒に、お夏の世話をした。

小屋の仕事があったから、昼間は、ばあや達が引き受けた。そして夜は、二人をしばし休ませ、月草が、小まめに水を含ませたり、お夏の額や脇などを、絞った手ぬぐいで冷やしたりするのだ。

「お嬢さん、親分さんもお嬢さんも、死にゃしませんよ。この月草も、がきの頃麻疹に罹ってますが、今はこの通り、ぴんぴんしてます」

しかしお夏は、泣きそうな顔のまま、ろくに返事すら出来ないでいる。もう二日、食べられていないと聞き、月草は、奥の手を使ってみた。木偶人形のお華を抱き上げ、お華の声音で、お夏へ語りかけたのだ。

「お夏っちゃん、分かる？　お華よ。あのね、お夏っちゃんは、このお華がちゃんとお世話して、しっかり治してあげるからね」

お華は自分で、うんうんと頷く。

「それでね、もし、お夏っちゃんが治った時、まだ、山越の親分さんが寝付いてたら。おとっつぁんだもの、お夏っちゃんも、おじじ殿と一緒に、看病しなきゃ駄目なの。分かる？」

「あの……はい」

お夏が、ここでお華の顔を見た。ちゃんと頷いた。それで月草は、お華の手を添えつつ、水を飲ませてみる。

前より、多めに飲むことが出来た。

「良かった。お夏っちゃんは大丈夫。直《す》ぐにお華と、もっとお喋り出来るわ」

お華は、今や自分はお夏の母代わりで、姉の、おそのの代わりで、友達なのだと言い出した。そのお華が側にいるのだから、お夏は大丈夫なのだと、木偶人形は勝手に続ける。

「親分さんは、お夏っちゃんと一緒に居たいと思う。だから先に治って、看病出来るようにしようね」

「……うん」

その夜、月草とお華は、お夏に、粥《かゆ》を食べさせることも出来た。お夏は、熱が高いまだったし、発疹も治まっていないが、とにかく、食べられるようになったのは嬉《うれ》しい。

だが。ようようお夏が寝付いた頃、寝床の傍らで、月草は顔を顰《しか》めた。とっぷりと暮れているのに、山越が臥せっている屋敷の奥から、大きな声が聞こえて来たからだ。これではお夏が、起きてしまうではないか。

そしてじき、騒ぎの元が何か察しがつくと、月草は余計不機嫌になった。

「やれ、こう騒がしくちゃ、親分の体にも、障《さわ》りが出らぁ」

月草は明日も、小屋で働かねばならない。しかし奥の騒ぎが気になって、お夏の傍らで、一時、横になる気にもなれなかった。

「仕方ない。少し静かになってもらうか」

月草は部屋から顔を出すと、見かけた小女に、お夏のことを頼む。そして寝る前におじじ殿へ、お夏の様子を知らせてくると言い、屋敷の奥へと向かった。


月草は屋敷の廊下を歩みつつ、一つ、溜息《ためいき》をついた。

（若い頃から知られた喧嘩《けんか》の強さで、山越親分を自慢に思っている手下は多いよな）

算盤《そろばん》も達者で、まだ親分を名のる前から、山越は先代の財を支えていたのだ。山越に多くが従い、両国の地は長く落ち着いていた。

ところが。

（病一つで、山越の家が、こうも揺らいじまうとは）

月草が、山越の寝間へ顔を見せると、そこには夜だというのに、山越の叔父御《おじご》や弟、主立った身内など、多くが顔を見せていた。

山越当人は部屋の奥で、今も麻疹で寝付いている。とてものこと、家の先々について、話など出来る容体ではないと聞いていた。

（なのに、病人の近くに張り付いて、少しでも自分のいいように、事を運びたい輩《やから》がいる。情けねえ話だ）

このまま山越に何かあったら、そういう者の誰かが、盛り場を動かすのかと思うと、目眩《めまい》がする。だが芸で身を立てている月草は、そんな思いを面へ出すへまなどせず、今日も至って静かに一同へ頭を下げた。

「夜分に失礼しやす。月草です。おじじ殿へ、お夏お嬢さんの様子を、伝えにめえりました」

山越の傍らから、おじじ殿が見てきたので、お夏が今日は、粥を食べられたと伝えると、寝ていた山越が、わずかに顔を向けてきた。すると山越の叔父御や弟、それに頭達も、月草の方を向いた。

「おや、そいつは良かった。ならばお嬢さんは、じき、良くなるだろう。山越の跡取りは、お夏お嬢さんの婿で、決まりだな。うん、はっきりとして良かった」

そう言い出したのは、山越の手下の中でも頭立った男で、亡くなったおそのの元許嫁《いいなずけ》である正五郎《まさごろう》へ、笑みを向けている。すると山越の叔父御が、きっぱりと首を横に振った。

「あのな、お夏が今、幾つだと思ってるんだ。婿取りは早すぎらぁ。そして親分は今、病になってるんだぜ」

明日にでも、この両国の地を引き受けるのであれば、大人の身内が、力を貸すべきだろう。叔父御がそう言い出すと、山越の弟が、ならば自分が兄を助けようと言い出し、叔父御が喧嘩腰で、弟を睨《にら》んだ。

　すると、おじじ殿が顔を顰める。

「この部屋は、病人が寝ている場所だ。だから見舞いに来たんなら、静かに願います。何度もそう、お願いしてますよね？」

　だが、おじじ殿では、身内達を抑え込むことは、出来ないようであった。

（やれやれ）

　ここで月草が、すっと居住まいを正した。それから、皆さんへ伝えておくことがあると、静かに語り出したのだ。月草は、話芸で身を立てている芸人だから、大声を出さずとも、己の声を、相手へ伝える技を心得ていた。

「皆さんも承知のこととは思いやすが、万一ってこともありますから、話しますね。麻疹は、うつりやすい病でして。もちろん一度罹った者は、もう罹らねえようだとも言いやす。ですがまだのお方は、お気を付け下さい」

　正直に言うと、麻疹を患ったことのない者は、病人の側にいてはいけない。特に大人は罹ると、時として山越のように病が重くなる。だからなお、気を付けねばならないのだ。

「以前、医者から聞いたことでして。ええ、お伝えしときます」

　途端、部屋で聞こえていた大声が、途切れた。やはり、麻疹を患ったことがない者もいるようで、顔を見合わせている。

　しかしそれでも、席を立つ者はいなかった。弱腰を見せては、山越の跡目争いからはじき出されると、考えてのことかもしれない。

（では、あと一押し）

月草はここで、自分はもう失礼するが、帰りに駕籠《かご》を使う御仁《ごじん》がおいでなら、呼んでくると言葉を向けた。

「遠慮無く、言いつけてくださいまし」

すると、うつると言われ、不安げになっていた者達が、声を向けてくる。おじじ殿がすかさず、皆へ来訪の礼を言うと、それでこの夜の集まりは、ようよう終わりとなった。

「提灯《ちょうちん》へ入れる火を、戸口に用意しやす」

月草が駕籠を見送り、手下達が提灯片手に夜道を送っていくと、やっと山越の屋敷にも、夜の静けさが戻ってくる。寝間へ戻ると、おじじ殿は山越へ水を飲ませてから、助かったと、月草へ礼を言ってきた。

「さすがは、口一つで稼いでる芸人だ。言葉で座を、動かす事が出来るんだな」

月草は笑ってから、盥《たらい》の水を替え、おじじ殿を手伝った。

（親分さんも、赤い発疹だらけだ）

熱もまだ高そうで、辛《つら》いだろうと思える。だが月草の見たところ、思っていたよりも体に力があった。少しずつでも、粥も食べているらしい。

「お夏お嬢さんが、治ったら親分の看病をするって、お華と約束してました」

そう伝えると、寝床で山越が、わずかに笑った。

その笑みにほっとし、己もそろそろ失礼しますと、月草が床の横から立ち上がる。ところが。部屋の障子戸を開けた途端、魂消た。戸口の辺りから、また親戚の声が聞こえてきたからだ。

「皆さん、どうなさいやした?」

おじじ殿と月草が、急ぎ戸口へ向かう。すると、帰った筈の叔父御が、土間から気を立てた顔を向けてきた。重ねて、何があったのか問うたところ、思いも掛けない言葉を返され、月草は呆然《ぼうぜん》とする。

「今、駕籠かきから、両国で、親分と似た若い者を見かけたと聞いたぞ」

山越親分と、余程似ていたようだと言い、叔父御が声をきつくする。

「まさかとは思うが、親分に言われて、春太郎《しゅんたろう》や秋《あき》ノ助《すけ》を、呼んだんじゃないだろうな?」

問うてきた叔父御の顔は、それは険しかった。だが訳が分からず、月草はここで、間抜けな声を出してしまった。

「あ、あの。春太郎さんて、どなたですか?」

「は? 本気で知らねえのか? 月草、おめえ、お気楽な奴だな」

「へっ?」

後ろでおじじ殿が、深い溜息を漏らしたのが分かった。

3

その後、山越は何とか本復《ほんぷく》し、両国で世話になっている者達は、胸をなで下ろした。お夏も無事治って、親子はほっとした顔で、一緒に膳《ぜん》を囲んだのだ。

つまり山越での騒ぎは、これにて落着し、めでたし、めでたしで終わることになった。

月草が長屋へ帰ると言ったら、使っていた手下から、不便になると嘆かれた。

帰る前に、山越の部屋を掃除する。月草はその時、己の長屋より広い今の寝間を見て、少し笑った。

（山越の屋敷なら、おまんまを食わせてもらえるし、助かるけどね。でも飯を食う時も、小屋から帰った後も、色々気を遣うからなぁ）

それに山越の屋敷内では、細々とやっている、人形作りが出来なかったから、帰るのはやはり嬉しい。月草は元々、人形作りを生業《なりわい》としていたのだ。今、手元にある小ぶりな人形は、長屋の行李に入っている。

「あ、そうだ。あの人形、お夏お嬢さんへ、本復祝いに贈ろうか」

月草が口に出すと、傍らに置いたお華の目が、煌《きら》めいたように思えた。

お華は仕事の相棒だから、いくら気に入られていても、長く、お夏の側へ置いておくわけにはいかないのだ。だが妹分の人形なら、お夏のものに出来た。

「うん、そうしよう。きっと、可愛《かわい》がってもらえる」

月草は頷くと、お華を抱え、山越とおじじ殿の所へ帰宅の挨拶《あいさつ》に向かった。ところが。

「おや、お客様がおいででしたか。その、出直します」

慌てて一旦《いったん》引いた。山越の部屋は、床上げの直ぐ後だというのに、客で埋まっていたのだ。相棒お華の目が、険しいように思えた。

(うわぁ、以前にも増して、縁者が押しかけてきてるぞ。さてさて、何が起きたんだ？)

病み上がりの親分は、どう見ても、うんざりしていたのだ。首を傾げていたら、廊下でお夏と行き会った。

「あ、お嬢さん。調子はいかがですか」

気遣うとお夏は、真面目に頷いた後、まずお華へ語りかけてきた。

「お華、大叔父さん達が、またうちへ来てるの。でね、あたしに聞いてきたの」

お夏は春太郎達のことを、どう思っているのか。親戚達は揃って、それを知りたがっていたというのだ。

「お華、春太郎って、誰？　何で大叔父さんは、そんなこと聞いたの？」

お夏が、知らない人だと返事をしたところ、親戚達は直ぐ山越の所へ向かい、事情を教えてくれなかったという。月草が、お華を抱えなおすと、相棒は柔らかく手を振った。

「お夏っちゃん、月草は、そのお人のこと、知りゃしないわ」

先日の夜、親戚から、初めてその名前を聞いたばかりなのだ。

「その時、おじじ殿が言ってた。その名は承知しているが、今は、関わっていませんて」

そう言って、叔父御をなだめたのだ。

「つまり、春太郎という人のことを聞くのなら、おじじ殿がいいと思うわ」

「そうなんだ」

お夏は頷くと、お華の手を取り、おじじ殿がいつもいる、奥の仕事部屋へ向かった。

つまり、お華を抱えている月草も、一緒に行くことになった。

おじじ殿は、お夏の元気な姿を見ると、帳面を付けつつ笑みを浮かべる。だがお夏は、やっと看病から解き放たれたおじじ殿を、慌てさせた。

「ねえ、おじじ。春太郎って誰？」

一寸黙ってしまったおじじ殿とお夏を、月草は横にある小部屋へ、さっと連れて入った。金勘定をする為の部屋で、人の出入りはほとんど無い場所だから、おじじ殿が何を話すにせよ、他よりはましだろうと思えたからだ。

やはりというか、厳しい言葉が、おじじ殿の口からこぼれ出る。

「月草の阿呆《あほう》が。おめえお嬢さんに、何を言ったんだ？」

すると答えたのは、お華であった。

「お夏っちゃんに、春太郎さんのことを聞いたのは、親戚の人達よ。知らないって言われたんで、今、病み上がりの親分さんを囲んでるわ」

「うっ……今日も、来てたのか」

「おじじ殿、春太郎さんて誰？　親分さんに凄《すご》く似てるの？」

ならばお夏へは、今、きちんと本当のことを言っておくべきだと、お華は口にする。

「そうしないで、後で誤解が生まれても、このお華は手を貸さないわよ」

草臥《くたび》れているからか、おじじ殿は早々に降参した。だがお夏へ話す前に、横にいる月草を、不機嫌な顔で見てきた。

「お華の声は、月草が話芸を使って、喋ってるんだよな。おまえさんさぁ、お華でいる内は、別人みたいに話すが。どっちが本当の、月草なんだ？」

文句を言っている間に、考えもまとまったようで、おじじ殿は肝心の、春太郎の話を語り出した。

それは山越が、若かった頃の話だ。当時から山越は両国で働いており、すでに先代配下の頭の一人として、手下を多く従えていたらしい。

「お嬢さん、親分は春太郎って名に、覚えがあるんですよ。ええ、春太郎さんは、親分の息子です」

お夏はお華へ、強く抱きついてきた。

「春太郎さんというお人は、あたしの兄さんなの？」

「全部話しますんで、まあ急がず聞いておくんなさい」

春太郎の母親は、小竹《こたけ》という芸者だと、おじじ殿は言葉を続けた。ただ小竹は、山越の妾《めかけ》ではなかった。

「えーっ、じゃあ、どういう人なの？」

お華が頰に手を当て、考え込む。

「小竹姐《ねえ》さんには、稼ぎがあったんですよ。親分に養われていたおなごじゃ、なかったんです。親分は一時、小竹姐さんを、嫁にするんじゃないかと言われてました」

ただ山越はいい男だったから、他のおなご達も、放ってはおかなかった。親しい相手が、何人もいたのだ。

「実は同じ頃、もう一人、子が出来てます」

「あらら、お華はびっくり」

「そっちの子の名前は、秋ノ助だと聞いてます。母御は手習いの師匠、お富士《ふじ》さんだ」

しかし一遍に二人、子が出来たとき、当時、両国を仕切っていた地回りの頭が、山越に雷を落とした。

「二人のおなごには、岡惚《おかぼ》れしている奴らもいて、騒ぎになったんで。縄張りの内に、揉《も》め事を起こすなと言われて、山越親分は先代から、随分と灸《きゆう》を据えられちまいました」

そして先代はそのとき、山越の先々を、己で決めてしまった。山越は、先代の弟の娘をもらい、落ち着くよう言い渡されたのだ。

「まあ。小竹さんとも、お富士さんとも、添わなかったのね」

「お華、片方だけ、親分のおかみさんにするわけにゃ、いかなかったんだよ」

女二人と山越は、別れる話になった。それで先代はおなご達へ、亭主を世話したのだ。亭主達は、おなご二人を好いていた相手で、腹の子を引き取り、ちゃんと育てることも約束した。

「子を育てる為の金を、先代は、しっかり付けましたんで」

亭主達がやりたがっていた、商いを始められるだけの金だ。そこが、落としどころだったわけだ。

「あら、じゃあ、おとっつぁんは、小竹さん達の子と会っていないの？」

生き別れとなったのは、生まれる前のことで、独り者の月草には、目が回るような話であった。おじじ殿が頷く。

「どっちにも、男の子が生まれたってことだけは、親分も伝え聞いてました」

その後、妻を娶《めと》った山越は、子がいなかった先代親分の養子となった。おかみになったお多津《たつ》は、男の子に恵まれなかったが、山越は、立派な婿養子が迎えられると言って、気にしていなかったという。

「親分は、娘のおそのさんが生きていらっしゃれば、その婿に、両国を任せる気でいたと思います」

それで、おそのの縁談相手は、それは出来た男に決まったわけだ。

「あらぁ、そういうことだったのね」

お夏とお華は、顔を見合わせている。

「なら、先々、両国の跡取りを誰にするのかは、もう答えが出ているわねえ」

お華は、未《いま》だ親戚や身内達の間で、大揉めに揉めていることに、あっさり答えを出し、ひらひら手を振る。

「山越親分には、お夏っちゃんがいるもの。お夏っちゃんに、立派な親分になりそうな婿を迎え、跡を継がせることになるわ」

「えーっ、お婿さん？　誰、それ？」

「それはまだ、分からないけど。いい男だといいわね。やっぱり男は、甲斐性《かいしょう》があって、顔が良くて、丈夫でなけりゃ」

「お華よう、おめえ、男に厳しいな」

笑い出した娘達を見て、おじじ殿が溜息を漏らしている。

「だからねえ、今更春太郎さん達が、山越へ入り込む余地は、ないと思うんですよ」

余所《よそ》で育った息子は、二人いる。どちらかを跡取りにと考えたら、揉め事が起きること、必定なのだ。

しかし山越が病んだ時に、息子の噂《うわさ》が聞こえて来たのだ。息子の方には、山越の跡取りになりたい気が、あるのではないか。

「親分と似た若いのを、両国で見たって聞いた時、このおじじはそう思いました」

身内達もそう考えたから、騒ぎ出したに違いない。

「お身内方は前々から、親分に息子がいることを、そりゃ気にしてるんですよ」

おじじ殿が言うと、お華も頷く。

「両国の賑わいを見てたら、自分が盛り場の頭になりたいって、思うかもね」

両国は、それだけ人を引きつける地なのだ。金も生みだす場所だ。そんな所だから、我こそは親分の器と思う輩がいっぱい生まれ、日々、親分を悩ませ続けている。

おじじ殿は頷くと、これで春太郎の話は終わりだと、お夏へ告げた。

「もし、山越の屋敷へ訪ねて来たら、親分が息子さんをどう扱うかは、分かりません。ですが、お嬢さん」

おじじ殿が、お夏へ言い聞かせる。

「春太郎さんを兄さんと呼ぶのは、親分の許しを得てからにしてください。勝手をしては駄目ですよ」

お夏の一言で、親戚達が一層、騒ぎ出しかねないからだ。山越はまだまだ体が心配なのだと、おじじ殿は言う。

お夏はさっと顔つきを変えて、真面目に頷いていた。

4

山越が全快の祝いをすることになった。そして、その嬉しい日、長屋へ戻っていた月草は、とんでもない朝を迎えた。

まずは、目を覚ましたときのこと。顔の横で、大きな鼠が死んでいたのだ。

「ぎゃっ」

思わず魂消て飛び起きたところ、朝早くから起きていた近所の豆腐屋が、何事かと部屋を覗き込んでくる。情けない顔で、鼠の死骸《しがい》を指すと、笑われてしまった。

「こりゃ、朝っぱらから妙なもんに好かれたな。月草、さっさとそいつを捨てて、うちの揚げでも買ってくれ。焼いて、醬油《しょうゆ》を付けた揚げ、好きだろ？」

「ああ、そうする」

朝飯を食らって、相棒、お華の身なりを整えると、やっと落ち着いた。今日の祝いには、看病を手伝った月草も招かれているから、何とか頭を切り換えにかかる。

「山越じゃ、天ぷらや刺身、煮物に、卵焼きまでが、ふるまわれるって話だ。酒もたっぷり出るとか。楽しみだよなぁ、お華」

すると、己が口にしたことで、月草は自分の首を絞めてしまった。先程、鼠の死骸を見たことと、猫いらずと、宴会料理のことが、頭の中で結びついてしまったのだ。

ふと、不安に駆られた。

(今日は、ご馳走《ちそう》が出る日なんだ。一服盛るには、良いときだよな?)

月草は慌てて、首を横に振った。

(いや、いやいや。何てことを思い浮かべるんだ。おれの考え過ぎだ)

鼠は、猫にでも追われて死んだのだ。

品川にいた男が、猫いらずを購《あがな》ったのは、あっちに住んでいる知り合いから、たまま頼まれたからだろう。

夜、駕籠かきが噂していた若者は、少し山越に似ていただけの、他人に違いない。

今日は、親分達の全快を楽しく祝って、酔っ払うのだ。それがいい。

「そうだよな、お華。そうだ、酔う前に、お華の話芸も、親分に見て頂こうな」

祝いの席には、お夏も来るから、喜んでくれるに違いない。

「ああ、ならば今日、お華の妹分の人形も、お嬢さんへ持っていかなきゃ」

月草は行李を、久方ぶりに開けることにした。

「風呂敷《ふろしき》で包んでいけば、いいよな。お嬢さんは人形へ、なんて名前をつけるかね」

可愛い名がいいと思い、行李の中を見て……月草は寸《すん》の間《ま》、動くことが出来なかった。

「あれ、人形が、ない」

小さい行李に、ものは少ししか入っていなかった。着替えや手ぬぐいなどで、売っても、大した値にはならないだろう。だから家を空けるときも、置きっ放しにしたのだ。月草の持ち物で一番値が張るのは、お華の着物や髪飾りだ。そしてそれらは仕事に使う道具だから、誰も居ない長屋に置いておけない。山越の屋敷へ預けているのだ。

「くそっ、あの人形も、一緒に山越へ頼んでおきゃ良かった」

しかしだ。そもそも月草の行李を開けたのは、誰なのだろうか。長屋の者達が、金目のものが入っていると、考えつくとも思えない。ここで月草はふと、顔を顰めた。

「そうかこの部屋は暫く、手下達が使ってたな。誰かが行李を、物入れ代わりにしたんじゃないか？」

その時、売れば小遣いに出来そうな人形を、行李の中で見つけたわけだ。

「人形は、売られちまったかぁ」

無くなって間がないから、古道具屋を捜して回れば、見つかるかもしれなかった。だが、それが月草の人形だと、証《あかし》を示すことは出来ない。諦《あきら》めるしかないと、分かっていた。

「他にも、無くなったものはないか？」

確かめておこうと、月草は行李の中身を、畳の上へひっくり返した。

するとこの時、行李の端から粉がこぼれて畳へ落ち、小さな山を作った。一寸、人形作りに使う白い粉、胡粉《ごふん》かとも思ったが、使い慣れている月草には、違うと直ぐに分かった。

「何で行李に、粉が入ってるんだ？」

男の一人住まいだから、家では飯を炊き、味噌《みそ》汁を作るのがせいぜいで、おかずは煮売り屋などの品を買う。月草の長屋には、小麦の粉すらないのだ。

「何なんだ、この粉は」

粉へ手を伸ばし……触る寸前で、体が強《こわ》ばって止まった。

その時、先に外のごみ入れへ捨てた、鼠の死骸が思い浮かんだ。猫が捕って、主《あるじ》の所へ運んできた訳でもないのに、あの鼠はなぜ、蒲団の傍らで死んでいたのだろうか。

すると品川で目にした、山越の手下のことが、またも頭に浮かんでくる。あの男が購っていたのは、猫いらずであった。

そして今、目の前に、出所の分からない粉がある。するとまた、とんでもない話が、月草の頭に浮かんできた。

(猫いらずを買った手下は、両国に帰ったんだ。そして物騒な薬の置き場に、困った)

手下は何故だか、直ぐに鼠を殺さなかったのだ。殺したいのは、鼠以外のものだったのだろうか。

そんな時、月草が長屋を空け、山越の手下達が部屋を使いだした。部屋にあった行李は、猫いらずを隠すのに、丁度良い入れ物だ。

「そして行李へ、鼠が入り込んで袋を齧《かじ》った。落ちた粉をなめて、死んでしまったのかね」

だから粉が、こぼれ落ちているわけだ。

「でもさ、行李の中に、粉が入っていた筈の袋はないぞ。うん、考え違いさ」

だが、品川で猫いらずを買った男が、いよいよ毒を使おうと、行李から持ち出したということも考えられる。

顔が引きつってきた。

「はは、つまり、この目の前にある粉、猫いらずだってことか？」

笑ってお華を見ると、厳しい眼差《まなざ》しが返ってきた気がした。体に震えが上ってくる。

月草は立ち上がると、台所にあった手ぬぐいを、水瓶の水で濡《ぬ》らし、畳に落ちた粉を、丁寧に拭《ふ》き取っていった。

それから、人形を包む気であった風呂敷へ、その手ぬぐいも、粉がこぼれていた行李も、行李に入っていた中身も、全部放り込んで、きつく縛った。

一度、井戸端で手を洗ってから、風呂敷を持って、ごみ捨て場へ向かった。だが、死んだ鼠を目にすると、怖くて、長屋へ捨てる気になれない。

月草は懐にあった紙で鼠を摑《つか》むと、風呂敷包みに押し込んだ。そして、長屋から程近い隅田《すみだ》川へ向かい、近くで見つけた石で、土手下に穴を掘って、包みを埋めたのだ。

風呂敷が、すっかり土に埋まった時、月草は肩で大きく息をしていた。

（ああ、おれは馬鹿をしてるな。情けなくも、大げさに震えちまってらぁ）

鼠が死んでいたのは、多分、たまたまのことだ。月草の行李に入っていた粉が、剣呑な毒だなんて、芝居の話みたいなことが、ある筈がない。

行李に入っていた粉は、米か、麦の粉かも知れないではないか。もちろん、そうだ。

(おれぁ、気が小さいな。ははは)

だが、直ぐに笑いから、力が抜けていく。

(今日は、親分の病が治った、祝いの日だ。これから山越の屋敷に集って、飲んで、食べるんだよな)

それを思い出すと、自分が未だに、震えていることが分かる。食欲は、月草から奇麗に、吹っ飛んでいた。

5

月草は小屋での仕事をこなした後、とにかく逃げ出さずに、山越の屋敷へ向かうことが出来た。今日は祝いの日だからと、早めに見世物を切り上げる小屋もある。盛り場はまだ明るく、多くの人が遊んでいた。

「お華、おれは……腹が痛いかもしれん」

歩きつつ言ってみたが、返事がない。

「足をくじいたら、長屋へ帰れるか？　それとも、急用を思い出したことにするか？」

逃げ口上は、色々思い浮かんだが、本気で逃げ出しはしなかった。そんなことをしたら、お華の目が気になって、己の卑怯《ひきょう》さが身に染み、吐くと分かっているからだ。

つまりとにかくお夏の元へ、向かうことになった。

「それで正しいわ、月草。お夏っちゃんを守るって、月草は夢の中であたしに、約束したんだもの。男なら、裏切っちゃ駄目よ」

「お華、分かってるよ」

しかし正直に言うと、月草はやはり、今日の宴《うたげ》に出ることが怖い。

山越の身内が祝いにくれば、宴に招かれていなくとも、台所で煮物などを、つまませてもらうことが出来るからだ。祝いがある日、台所で働く者は、やってきた縁者に、酒の一杯も出してくれる。

（ならその時、猫いらずを料理へ入れられる。誰だって、やれる！）

たとえ月草が、台所でずっと見張っていたとしても、一人で全ての料理へ、目を配ることなど出来はしない。どの料理へ猫いらずを入れるか、月草には分からないのだ。

「じゃあ料理を守るよりも、品川で見た男を、追うことにしようか？　ああ、無理だな。名前も分かってない男を、捕まえられる筈がない。お華、どうしたらいいんだ？」

泣き言をこぼしているうちに、山越の屋敷が見えてくる。月草は胃の腑《ふ》に痛みを感じつつ、入り口へと向かって行った。

するとその場で思いも掛けないものを見て、足を止めた。屋敷の表で、多くの手下達が、まだ若い男を取り囲んでいたのだ。

それは品川の宿で、月草が山越と見間違えた男であった。

「何でここに……」

言いかけて、返事をするより先に、答えが浮かんでくる。

(そういや先日、山越の叔父御は、駕籠かきから、山越に似た男を見たと聞いてる)

それで、山越が息子を呼んだのかと、騒ぎ立てたのだ。つまり。

「ありゃあ、親分の息子の、春太郎さんかね？　それとも、秋ノ助さんの方かね？」

月草が首を傾げたその時、厳しい顔をしたおじじ殿が、屋敷の奥から出てくるのが分かった。


今日は山越の、本復祝いの日であった。だから元々広い屋敷の内で、襖《ふすま》が取り払われ、大きな広間を作っていた。だが宴の用意は始まっておらず、部屋はがらんとしていた。

するとそこに、不機嫌な親戚達と、仏頂面を浮かべる山越の身内、それと大勢の手下達が集ってきたのだ。

上座に親分の山越と、お夏も顔を見せたから、大騒ぎをする者はいない。しかし、先ほどの若者が、親分の前へ進み出て座ると、手下達は広間で、その姿を取り囲んだ。月草とお華も、部屋の端から、思わぬ来客の話に耳を澄ませることになった。

若者は、まずは山越へ頭を下げ、両国の親分が病を得た話を、耳にしたと口にする。そして、本復の祝いを述べた後、名のった。

「おれは元芸者、小竹の息子で、春太郎と言います。今日は、招かれてもいない席へ、勝手に来てしまって、済みませんでした」

「おお、おめえさんが、春太郎さんかい。初めてお目に掛かるな。おれが山越だ」

春太郎は落ち着いた声で、昔、山越と母親に、縁があったことは、聞いていると口にする。お夏がその顔を、じっとみつめているのが分かった。

「その時、先の親分さんに良くしてもらった金で、育ての親は店を持ちました。今は京《きょう》橋《ばし》から少し行ったところで、口入《くちい》れ屋をやっております」

自分と弟達も、店を手伝う年になっている。その暮らしに不満はないと、春太郎は続けた。

「正直に言えば、生みの親がどういう人なのか、知りたかった時はありました。母は事情を隠しませんでしたので、実は以前、両国へ来てみたことも、あったんです」

「おや、来てたのかい」

集った山越縁の者達が、春太郎を見る目は、ぐっと厳しくなった。

「しかし両国は派手で、自分の過ごす毎日とは、余りにも違いました。自分と実の親との縁は、切れていると分かりました」

ただ、一寸《ちょっと》遊ぶには楽しい場所であった。訪れた日、春太郎は一緒に来た弟達と盛り場を巡り、小屋を幾つも見て回ったという。存分に楽しんでから、春太郎は両国から離れたのだ。

「それで踏ん切りが付いたんで、今は、商いに精を出しております」

養い親の店は上手《うま》くいっているが、自分は、弟に継がせると決めている。春太郎は、離れた場所にもう一軒、自分の力で起こした口入れ屋を作る気で、今、頑張っているところだという。

「あら、立派な言葉だこと」

お華はそっと口にしたが、部屋内には、口を尖《とが》らせている者もいる。春太郎は続けた。

「そうしたところ、です。先日、思いも掛けないところで、両国を思い出しましてね」

それは口入れ屋から品川の店へ、まとめて何人か、人を世話したときのことであった。仕事は無事に済み、春太郎は一人で江戸へ向かっていた。すると街道で、以前、両国の小屋で見かけた芸人と、行き会ったのだ。

芸人は大きな人形を羽織で包み、子供のように背負って、東海道を歩いていた。

「華やかな人形だったんで、覚えてました。思わず見てしまいました」

目を向けられたからか、その芸人の方も、春太郎を見てきた。だがその時芸人は、直ぐに自分から、近くの店で、買い物をしていた男へ目を移した。

「その芸人は、首を傾げていました」

芸人のつぶやきが聞こえ、どうやら、両国にいるはずの山越の手下と、珍しい所で行き会ったので、驚いているのだと分かった。春太郎も、ついその男を見て、やはり目が離せなくなった。

「実は、その男が品川で買っていたのは、猫いらずだったんですよ」

「……それが、どうかしたのかい？」

身内から、低い声が聞こえた。

「確かに、気になる買い物でした。品川は、両国から遠い。そんな所で、猫いらずを買う訳が、分かりませんでした」

土産にするような品ではない。そして両国辺りでも、売っている筈の物であった。

「おれは、芸人さんが背負ってる人形が、猫いらずを買った男を見つめてる気がして、妙に、気になったんです」

猫いらずが、人の命だって奪える物騒な薬だということも、気に掛かってきた。だが薬を購うこと自体は、騒ぐことではない。猫いらずは並に売られている物なのだ。

「それに、もう両国のことには、目を向けちゃいけない気がして。山越の親分さんがいる場所だからこそ、おれが関わるべきじゃないと思いました。だから急ぎ店へ帰って、品川で見たことは、考えないようにしてました」

一日経ち、三日が過ぎた。五日目が終わったが、誰かが猫いらずで死んだという恐ろしい話は、京橋へ伝わってこなかった。猫いらずが怖いと思った自分を、春太郎は笑ったのだ。

ところが。

「その後、何と両国の親分さんが、麻疹に罹ったって話を、よみうりで読みました」

「おや、おれは、よみうりに書かれてたのかい」

親分が、驚いた顔になっている。お華が、両国では親分の病について、何度もよみうりが出ていたとつぶやいた。

すると春太郎は、また要らぬことを思いついてしまった。今度は前より、もっと怖い話が浮かんでいた。

「あの猫いらずを盛られる筈だったのは、山越親分じゃないか。そう考えちまったんです」

何故、まだ猫いらずが使われていないのか。

「親分さんが病んだので、あの猫いらずは、暫く使えなかったんじゃないか。そう思いついたんですよ」

「まあ、どういうことかしら」

お夏が、首を傾げる。

「病人は、ろくに食べられません。粥などは、付き添っている者が作って、すぐに病人の枕元へ運びます」

だから。座っていた山越が、身を乗り出すようにして、にやりと笑った。

「病んでいる間は、猫いらずを盛られることはなかった。なるほど、そう考えたのか」

しかし猫いらずを持つ者が、諦めたとも思えない。ならばいつなら、猫いらずを使うか。次に読んだよみうりが、山越の祝いの席について伝え、分かった気がしたという。

月草が顔を顰め、山越が明るく笑った。

「全快の祝いで、山と料理が並ぶ、今日かな。ああ、猫いらずを、おれに食べさせたきゃ、今日が丁度良いだろうさ」

春太郎は、また猫いらずのことが気になった。前回、気にしては駄目だと己に言い聞かせ、京橋に留《とど》まっていた為か、余計、考え続けてしまった。

「それで、その。おれは両国へ、来てしまったんです」

己の考えは、ただの思いつきで、証すらないことだ。

「だから今のように、笑い飛ばされてもいい。とにかく、猫いらずのことを心配していると、伝えよう。そう思いました」

そして、山越親分は春太郎の思いつきを、こうして聞いてくれた。だから。

「自分はこれで、帰ろうと思います。あとは親分がいかようにも、してください。お騒がせして、済みませんでした」

気に掛かっていたことを告げ、春太郎はすっきりとした様子であった。これ以上、春太郎に出来ることはない。これにて退場、両国から消える気でいるのだ。

しかし。部屋の隅で、月草はお華と顔を見合わせていた。

「春太郎さんだけど、言うだけ言って、直ぐに帰るというのは、無理ってもんよね。月草」

「だよなぁ。お華、こりゃ大事になるぞ」

案の定、春太郎を取り囲んでいた山越の面々から、一気に不満が湧き出してきた。今日は、祝いの日なのだ。つまり。

「その話が本当だとしたら、今日の祝いの膳には、誰も、手をつけることが出来ねえな」

どの料理に猫いらずが入っているか、分からない。春太郎がそう言ったのだから。

「えっ？　あの……」

身内から、親戚から、険のある声を向けられ、春太郎の顔が引きつる。山越の弟が、春太郎を見つめた。

「お前さんが両国へ来たのは、大いなる親孝行の為かねえ」

だが、別の考え方をすると。

「とても上手い、意趣返しだとも言えるな」

今日の料理に毒が入ってなくとも、心配した春太郎を、誰も責めることは出来ない。

「だがこうなると、山越の皆は、楽しみにしていた一日を、潰《つぶ》されることになるからな」

叔父御が、弟に続いた。

「いやいや。弟御よぅ、こいつはもしかしたら、山越への良く出来た、売り込みかも知れねえよ」

口では何と言おうと、春太郎は両国の親分に、なってみたいのではないか。それで、己は情のある男だと、親へ示してきたのだ。座から、別の声が湧いた。

「あのさ、もしかしたら春太郎さんは、恨みを晴らしに来たのかも知れませんぜ」

男の子なのに、実の父親から追われたのだ。山越のおかみには、女の子しか生まれなかったのに、それでも跡を継げない。そのことに、不満を持っているのではないのか。

叔父御はそう言うと物騒な話をつけ加える。

「春太郎さんは、誰かが料理へ毒を入れたと言って、この席へ入り込んできた。だが実は、この兄さんは己で、食い物に一服盛ったんじゃねえか？」

大勢が頷いたものだから、春太郎は顔を青くしている。

「何と。おれはこの家で話しただけで、そこまで言われなきゃいけないんですか？」

すると、この時山越が、上座で笑い出した。そして両国で、盛り場の親分に関わると、こういう騒ぎも起こるのだと続ける。大枚と力が、関わっているからだ。

「騒ぎが嫌なら、おれが死ぬと思おうが、放っておかなきゃ駄目なんだ。春太郎さん、まあ、堪忍してくれ」

するとお華が、首を傾げた。

「山越の親分さん、言い方が柔らかいわ。春太郎さんのこと、身内として扱っちゃいないわね」

もし、猫いらずという毒が関わっている件で、月草に用が出来たりしたら。

「きっと、きっつい言葉が出てくるわよねえ」

すると。まるでお華の小声が聞こえたかのように、山越が、月草の方を見てきたのだ。そして、思いも掛けない事を問うてきた。

「それで？　月草に聞く。今日、おれに一服盛ろうとする奴がいるって話は、春太郎の思い込みか？　それとも本当のことか？」

突然の問いに、言葉に詰まった。お華が代わりに、話し始める。

「親分さん、それを月草へ聞くの？」

「春太郎が品川で見たっていう芸人は、人形を背負ってた。つまり月草だろうが。つまり猫いらずを買ったという手下も、見てるな？」

ならば。

「おじじにでも知らせるか、己で、奇妙な事の次第を突き止めておかなきゃ、後が危ういだろ？　そうだな？」

だから山越は月草へ、問うたのだという。

「まあ、やっぱり厳しい」

お華が、むくれたように言う。月草は、小屋で稼いでいる芸人で、山越配下の、手下ではないのだ。しかし。

「月草だって、この山越の持つ小屋で、働いてるんだろうが。心得とけ」

そう言われれば、文句も言えない。部屋内の、皆の目が、己とお華に集まっていることが、分かった。

「月草ぁ、どう返事をするの？」

お華に問われ、顔が引きつる。月草は、もう猫いらずの恐怖から、逃げられないと分かった。

6

山越へ答えたのは、やはりお華であった。己の声は喉《のど》につっかえて、なかなか出てくれなかったからだ。

しかし、いざお華が語り出すと、まるで華姫が告げる、〝まこと〟を聞いているように思えるのか、皆が静かにお華を見つめてくる。不思議な一時になった。

「親分、春太郎さんの考えは、当たってると思うの。つまり今日の料理は、危ないわ」

ざわりと、低い声が部屋に満ちる。お華は、本当に猫いらずが、入っているかもしれないと続けた。何故なら。

「あたしの妹分の人形が、盗まれたから」

「は？　何だ、そりゃ？」

　まさかそんな答えが、飛び出してくるとは、思わなかったのだろう。山越達が、顔を見合わせている。あれこれ質問が降ってくると、お華はそれを手で制した。

「今、親分の問いに答えてるのよ。最後まで聞かなきゃ。あたしの妹分はね、月草の長屋の行李に入ってたの。小さい子だから」

　長屋に置かれた粗末な行李など、いつもなら誰も開けはしない。だが先日、月草は暫く山越の屋敷へ泊まり込み、その間、長屋は山越の手下達が使っていた。

「するとね、長屋から人形が消えてしまったの。古道具屋へ売られたんじゃないかって、月草は嘆いてた」

　その時、行李を改めた月草は、中に粉が落ちていたのを知ったのだ。すると。

「月草はね、朝、蒲団の横で、鼠が死んでたのを思い出したの」

　山越が、顰め面を浮かべている。

「月草は気が小さいのよ。突然鼠の死骸を見たんで、猫いらずを思い出した。先だって、品川で春太郎さんと会った日のことを、考えたの」

　山越の手下が、猫いらずを、わざわざ遠い品川の宿で買っていた。あの猫いらずが、その後、どこに行ったのか、それを考えてしまったのだ。

「山越の手下は、品川から両国へ帰ってきたはずよね？　そして……たまたま空き部屋になった月草の長屋へ、その怖い薬を、隠したかもしれないって思ったの」

証はない。だが妹分の人形が無くなったのは、本当なのだ。誰かが月草の行李を、勝手に開けた。人形を取り出し、代わりに粉を残していった。

そして死んだ鼠が現れた。だから。

「気の小さい月草は、鼠も行李も、ごみ溜《た》めへ捨てることが出来なかった。もし、万に一つ、粉が本物の猫いらずだったら。それが怖かったのよ」

ここでお華は、山越へこう告げたのだ。

「親分さん、場所を言うから、隅田川の堤の下から、月草の行李を掘り出して。そして中の粉が本当に猫いらずかどうか、確かめて」

次にお華の妹分を、取り戻して欲しい。お華はそう頼んだ。

「もし、月草の行李の粉が、本物の猫いらずだったら。毒をこっそり隠している人が、いたってことになる」

その男はいつでも、料理に一服盛れる。つまり、今日の料理は食べてはいけないのだ。

ここで月草が、お華をふわりと動かした。

「もう毒を使ったか、まだかは分からないの。狙っている相手が誰なのか、証は無いのよ」

お華の奇麗な顔が、山越を見つめる。

「だけど、誰が猫いらずを隠してたかは、分かる。あたしの妹を、古道具屋へ売った人よ」

どういう顔で、どんな着物を着ていたか、主が覚えているだろう。

「妹を、取り返してね」

するとと山越が、上座で一寸、歯を食いしばった。

「ううっ、やっぱり女が毒を語ると、怖《こ》ええわ。なあ、おじじ。怖ええっ」

こうなったら華姫の言う通りに、してみるしかない。親分に言われて、手下達が一斉に動いた。

まずは、月草の長屋を使っていた手下が、集められた。長屋は何と、入れ替わりつつ六人で使っていたらしい。だが、おじじ殿の所へは、五人しか集まらなかった。

「熊七《くましち》がいやせんね」

大勢が捜しに向かう。

同時に、鍬《くわ》を持った配下が、隅田川の土手へ向かった。月草とお華は、盛り場に鍬があったことに驚いていた。

そして別の何人かは、古道具屋へ人形を捜しに行った。お華が語る。

「あたしに似た子なの。丈は一尺くらい。直ぐに分かると思うわ」

その間に、手下の若いのがどこからか、溝鼠《どぶねずみ》を捕まえてきた。籠《かご》に籠《こ》めた鼠を、何に使うのか、聞く者はいなかった。

その後、山越は一つ溜息をつくと、何故だか魚を求めてこいと言った。手下達が、川を下ることになった。

そして。春太郎をちょいと見てから、山越は月草とお華へ目を向け、何故か文句を言った。この騒ぎが、面倒くさいと言うのだ。

「月草ぁ、お華、お前さん達で先に、猫いらずの謎を突き止め、すっぱり事を、終わらせておいてくれてたらなぁ。料理は無事だったろうし、手間もかからなかったんだぞ」

「それ、おれの役目ですか？」

「おれは病み上がりなんだぞ。まだ働くにゃ、早いだろうが。だから、華姫様がやっとくべきだったんだよ」

山越が木偶人形を睨む。途端、お華をいじめては駄目だと、お夏が庇《かば》ってきた。するとと山越は、今日も娘に甘かった。説教を邪魔されたのに、お夏がいつもに戻ったと、嬉しげに目を細めたのだ。

月草はさっと、春太郎の顔を見た。

(不思議っていえば、不思議だよな。山越の親分さんは、子煩悩だと思ってた)

しかし初めて会った息子とは、驚く程さっぱりと向き合っている。あえて春太郎を厭《いと》うたり、遠ざけたりしないところに、月草は却《かえ》って淡泊さを感じていた。

そこへ、表から手下達が戻ってくる。

「親分、駄目だ。熊七の野郎、どこを捜しても、いやしねえ」

熊七の長屋から、何故だか着替えが消えていたと聞くと、山越がおじじ殿と顔を見合わせ、怖いような笑いを浮かべている。

次に古道具屋の主と、一尺ほどの人形が、山越へ来た。可愛い人形を、お夏が抱きそうになったので、月草が慌てて止める。人形は、行李に入っていたのだ。

「だから、触っては駄目です。万に一つ、猫いらずが付いていたら怖い」

「えーっ、手ぬぐいでぬぐうから」

「お夏、駄目だっ」

止める山越の向かいで、古道具屋の主が、話し出した。

「人形を売りにきたのは、誰だったか、ですか？　ええと、四十前くらいの男でした。藍色《あいいろ》の、竹縞《たけしま》の着物を着てましたよ」

「熊七の着てたのも、竹縞の着物です」

部屋内から、そう言い切る声が聞こえる。途端、皆が、げーっと大声を出した。

「畜生っ、熊七が人形を盗んだと決まった。つまりあいつ、猫いらずをこっそり持ってたかもしれん」

皆の泣きそうな目が、台所へ向いた。目の前にご馳走が並んでいるのに、食べられないかもしれない。だが、しかし。

「いや、まだだ。月草の行李に入ってたのが、猫いらずと決まったわけじゃない」

すると、気の利く手下の一人が、鼠取りを売っている店から、奉公人を呼んで来たのだ。猫いらずは危ない薬だからと、奉公人を部屋へは上げず、濡れ縁へ座らせた。

「猫いらずを鼠に食べさせても、直ぐには死なないと聞いたんで。売ってる店の、奉公人に聞くのが一番だと思いやして」

「違いない」

山越の皆は、いつになく真剣であった。ちらちらと、台所の料理へ目を向けつつ、奉公人に迫る。

「それで？　行李に入ってたのは、猫いらずなのか？　それともただの粉なのか？」

「行李って、どこにあるんでしょうか」

奉公人が困った顔で、庭を見たのもどうりで、月草の行李は、まだ山越の屋敷へ届いていなかった。

「月草、早く掘ってこいっ」

丁度その時、

「おい、行李がやっと、来たみたいだぞ」

庭の隅に紙を広げ、土にまみれた風呂敷の中身を、そっと出す。奉公人は、行李に入っていた粉ではなく、死んだ鼠を見て、直ぐに頷いた。

「こりゃ、猫いらずで死んだ鼠です。行李に入ってる粉は、そう、猫いらずでしょう。触ってはいけませんぜ」

つまりだ。山越が断を下した。

「参った。今、山越の屋敷にある食い物には、手をつけちゃなんねぇ」

「ひ、ひえええっ」

「熊七の野郎、袋だたきにしてやるっ」

月草がやったように、食べ物は、土手に穴を掘って埋める。親分からそう言われた手下達は、宴会を目の前にしていただけに、天に届く程、泣き言を並べた。一斉に、熊七への恨み言も湧き出る。

しかもその内、何故だか文句は行李の持ち主、月草にまで向けられそうになったのだ。するとそこで、華姫が笑うように、ひらひらと手を振った。

「みんな、慌てないで。お華は、きっと親分がこれから、病が癒《い》えた祝いを開いてくれると思うわ」

「えっ……」

ここで春太郎が、笑い出した。

「ああ、そういえば親分はさっき、お身内に、魚を買いに行かせてましたね。あれ、新しい料理を出す為だったんでしょうか」

「お、親分っ」

山越の評判は、一瞬のうちに、富士《ふじ》の山より高くなったようであった。皆、暫く山越がどうなるか心配し続けていたので、ここいらで思い切り、飲み食いしたがっていたのだ。

「おいおい、食い物のことになると、ぐっと冴《さ》えるな、お華」

山越が笑う。

「ここは両国に近い神田なんだ。魚以外の食い物は、辺りの店から買い集めれば、何とかなろうさ」

手下達は見事に、二手に分かれた。

片方は、料理を始末しにいく。もう一方は、新たな品を集めに出た。一旦駄目になりかかった宴は、一層楽しく始まりそうであった。

「ああ、賑やかな祝いの席になりそうですね。もっとも熊七ってお人、逃げちゃったみたいですけど」

だが、山越が無事であるなら良かろう。春太郎が言うと、お華が頷く。

「今日は、親分さんとお夏っちゃんのお祝いだって覚えてる人、あんまり居そうもないけど。まあ、構わないわよね、親分」

あっさりお華に言われて、山越は苦笑を浮かべている。そして、春太郎を見た。

「おめえも、宴に出るか？」

「いえ。これから京橋の家へ戻りますので」

早めに神田を出るつもりだと、春太郎は口にした。それが良いと言うのだ。

すると山越は、帰るのに舟を用意するから、今少し、山越の屋敷に留まるよう言ってきた。

「まだ今日の騒ぎに、けりが付いてないんでね。お前さん、もうちっとだけ待ちな」

「けり、ですか？　熊七さんという方を、捕まえるまでですか？」

春太郎が戸惑うように問うと、山越はお華の方へ、後は任せるから話しておけと言い、おじじ殿やお夏をつれ、屋敷の奥へ消えてしまう。手下達が、新たに整えている座敷の端に、二人は残されてしまった。

7

「おんや、親分は、おれよりお華が、頼りになると思ってるのかなぁ」

月草は苦笑を浮かべると、では、最後の話をしようと、品川で、寸の間出会っただけの春太郎へ、改めて名のった。そして二人で外廊下に出て、端に落ち着く。

それからお華を抱え直し、山越が名指しした相棒に、春太郎が残れと言われた事情を、語ってもらうことにした。

「春太郎さん、あたしのことは、もう分かってるわよね？　お華と言って、両国じゃ、ちっとは名が知られてきてる木偶人形なのよ。親分さんだけじゃなく、大勢から信用されてるからかしら。〝まことの華姫〟って名前で、呼ばれてるわ」

柔らかにしなを作りつつ、明るく語るお華を見て、春太郎は一瞬、声を失っていた。

「おれ、前に一回、月草さんの小屋で、話芸を見てるんですよ。でも、こんなに近くで見ても、木偶人形が、己で動いているように見えるとは。魂消た」

凄い、売れるはずだと言うので、両国の小屋の芸は、間近で見ても驚くようなものが多いと、月草が笑って言う。そしてお華は、山越が言った〝けり〟とは何なのかを、春太郎へ語り始めた。


「今回の騒動は、熊七っていう手下の一人が、祝いの日の食べ物へ、猫いらずを入れたってことで、終わったわ。ええ、熊七の罪は、嘘じゃないわね」

ただ、どう考えても、話には妙なところが、残っているのだ。

「熊七って人のこと、月草は名前も分からなかった。山越の手下の内でも、かなり下っ端だと思うわ」

親分の配下にいる頭が、使っている手下なのだろう。

「そういうお人が、普段関わってない山越の親分に、何で一服盛ろうとしたのか。山越の親分さんは、不思議に思ったんだと思う」

つまり熊七に、やれと言った者が、他にいたのではないか。山越はそこを今、確かめているのだろう。それが、〝けり〟を付けるということなのだ。

月草が問う。

「お華、勝手な答えでいい。誰がやったんだと思う？」

事を命じたのは、熊七を世話している頭とは限らない。両国には頭立った者も多く、しかも色々、義理や縁組みで繋《つな》がっていた。

お華が、春太郎を見つめて言う。

「あたし、叔父御の仕業だと思う。山越親分は、病で急に亡くなりかけた。そんな時じゃないと、あの叔父御は跡目になれないから」

叔父御は山越よりも、年上なのだ。両国を、年配者の力で落ち着かせようとする時でもなければ、次の親分にと乞《こ》われはしなかろう。

「でも山越親分は、麻疹になった。お夏っちゃんも、一緒に病んだ。今ならどうにかなるって、思っちまったんじゃないかな」

あの叔父御には、手下が多くいる。下手な手を打つと、騒ぎ出すかも知れなかった。

「お華、親分は叔父御を、どうするかな？」

「熊七を捕まえれば、本当のことが分かる。そうなれば、同心《どうしん》の旦那《だんな》の耳にも入る。その前に責任を取って、頭を丸めろとでも、言うかしら」

殺されかけたにしては、甘い収め方だが……同心などに、両国へ首を突っ込まれずに済むわけだ。こういう話を、力尽《ちからず》くで収められなければ、両国で親分にはなれないのだろう。

「だから叔父御が話を呑《の》めば、その辺で事は終わると思う。他の誰より、叔父御の息子さんが、親を観念させるかな。叔父御の跡は、息子さんが継ぐでしょう」

それで今回の騒ぎは、全てが終わる。春太郎はこの後も苦労するだろうが、今日手下達は、幸せに飲み食い出来るのだ。

「ああ、それで終わりそうだな、お華」

月草も頷くと、春太郎が首を傾げた。

「おれは、この両国の盛り場へは、もう来ません。どうしてこの後、おれが苦労するんですか？」

「それはねえ、春太郎さんが、叔父御の無法を、止めたことになったからよ」

春太郎は、眉をひそめた。

「おれよりお華さんの方が、役に立ってたと思いますが」

お華の目が、春太郎の顔を覗き込んだ。

「あたし達はいいのよ。ただの芸人だから。でも春太郎さんは、山越親分の息子なの。皆がそれを、承知してるんだもの」

そして春太郎は、見てくれが山越に似ていた。親子だと、見て直ぐ分かる顔かたちを、受け継いでいたのだ。

「春太郎さんがどう思っていようと、この両国の人達は、春太郎さんのことを認め始めた。跡目の内の一人だって、考えてると思う」

「跡目？」

「親分の跡を継ぐかもしれない人。継げる立場の人よ」

その一人目は、叔父御であった。山越親分が本当に、麻疹でいきなり命を落としていたら、継いでいたかもしれない。

二人目は、弟だ。

三人目は、亡きおそのの許嫁であった男、正五郎だ。

「四人目が、春太郎さん。まだ若いし、誰かがおじじ殿みたいに、世話役になれば、親分として、やっていけるかもしれないし」

そして五人目は。

「秋ノ助さん。親分のもう一人の息子さんね」

山越の跡取りとして、二人の名を挙げる者は、これまで少なかったと思う。だが。

「春太郎さんが来て、山越親分を助けちまったもの。事が動いてしまったと思うわ」

「は？」

だから山越は、宴を開く用意が出来るまで、帰るのを待てと、春太郎へ言ったのだ。他の頭を推す手下達から、今のうちに片付けておこうと思われたら、たまらないだろう。

「怖いかな。このあたし、華姫の言葉は、〝まこと〟だって言うから」

両国と縁を繋げたくなければ、今回春太郎は、この地に来てはいけなかったのだ。お華の声は小さく、話した先からどこかへ、消えてしまいそうであった。

だが春太郎はその言葉を、忘れないだろう。月草は屋敷の外廊下で、そう考えていた。

二人目の息子

1

江戸の隅田川にかかる、両国橋の両岸は、元々、火事を止める為の火除《ひよ》け地で、広く空き地となっていた。

そこに、いざという時は、取っ払うという約束で、簡単な造りの小屋が建ち並び、賑《にぎ》やかな盛り場が作られていったのだ。

盛り場は、江戸に幾つもある。だが両国は、一に賑やかだと言われていた。

盛り場に入れば、美味《うま》いものが屋台見世《みせ》に並び、兄さん達の威勢の良い声が聞こえる。茶屋からは奇麗な娘っこが、可愛らしい笑みを向けてくれるので、鯔背《いなせ》な男にでもなった気分だ。その上、からくり、軽業《かるわざ》、大道芸に見世物など、江戸三座の芝居に比べると、ぐっと安い出し物が多かった。

両国はお楽しみの地、江戸にある別世界なのだ。

そして今、そんな数々のお楽しみが揃《そろ》う両国の地で、少しずつ、名を高めている小屋があった。いや小屋というより、そこに出ている人形が、江戸の人々に知られてきているのだ。

その人形は、身の丈四尺と六、七寸。男が一人で動かすのは大変そうにも思える、大きな姫君の木偶《でく》人形であった。

人形の相棒として、地回り山越の小屋で働いている月草は、己がこしらえた姫様人形を、お華と呼んでいる。月草は、口を動かすことなく、様々な声音で語れる芸人で、己とお華の二人で舞台をこなし、日々、客を楽しませていた。

もっとも、達者な芸人や、珍しい出し物は、両国には他にもある。その中でお華が目立ってきているのには、芸以外の訳もあった。

〝まことの華姫〟

お華は両国で、そう呼ばれているのだ。

華姫の目は、真実を語ると言われた〝真《まこと》の井戸〟の、不思議な水から出来ていた。だから。

〝まことの華姫は、水の眼《まなこ》で真実を見て、まことを語る〟

そういう噂すら、両国では耳に出来た。

その真実が、華姫へ問うた者にとって、良いものであれ、都合が悪いことであれ、とにかく本当のことだけを知らせてくる。江戸の皆は、そう信じ始めていた。

だから。

お華を操る芸人月草は、華姫の声は、己が語っているものだということを、ちゃんとているのだ。

　客達へ告げていた。当たりの富くじを教えろと言われても分からないと、正直に答え
「おれだって、今までに一度も、富くじを当てたことはねえんですよ。当たりの数が分かるなら、仕事を放り出して、己がそいつを買いにゆきやす」

「はは、そいつは、違《ちげ》えねえ話だ」

　だから、都合の良い話は求めるなと、月草は、客達に語ってから、話芸を続けている。

　大概の客は、そこでがっくりと肩を落とし、芸が終わればしおしおと、月草の小屋から帰ることになる。最近はこれが、お約束の光景になっていた。

　ただ人形である華姫から、馬鹿なことを考えないよう、直《じか》に言われたことを、面白がる者は確かにいた。お華が、生きているかのように見えるのが不思議なのか、その〝がっかり〟の後、華姫の贔屓《ひいき》になるお客も多いのだ。月草の小屋へ通う常連は、数を増やしていた。


　ある日の夕刻、一帯の顔役、山越の親分が、小屋へ顔を見せてきた。

　最後の客を送り出した後のことで、そろそろ暮れ六つの鐘が鳴る刻限だ。暗くなっては、芸も団子も良く見えない。両国へ遊びに来た客達は、家路につく頃であった。

「いやぁ、月草。今日も最後の回まで、客が一杯入ったな。うん、良いこった」

親分は小屋の持ち主で、今日は久方ぶりに、娘のお夏を連れ、月草の話芸を見にきていた。

「こりゃ、この小屋を広げるか、月草を、もっと広い小屋へ移した方がいいかもしれん」

より金を儲《もう》けたいのか、山越が、そう夢を語った。

すると、月草の腕の中にいるお華が、まずは友、お夏へ手を振ってから、山越へ、ぴしりとした声を返した。

「山越の親分さん、それは無理よぅ。あたしと月草の芸は、お客さんと一緒になって、話を楽しむ話芸だもの。他愛《たわい》もない話が出来るくらい近くに、お客さんがいてくれなきゃ、芸が出来ないわ」

お華は舞台からお客へ問いを向け、楽しい返答を引き出している。小屋内の皆で、話を楽しむようにしているのだ。

「あんまり小屋が大きくなると、声が通りづらくなるわ。お客さんの返事だって、他のお客さんに、聞こえなくなっちゃう」

月草やお華の声はともかく、木戸銭《きどせん》を払ってきてくれたお客に、大きな声で分かりやすく話せとは、とても言えないのだ。

すると。

今日の親分は、暗くなってきた小屋で、素直に頷《うなず》いたのだ。いつもの山越なら、そんな返事を聞くと、稼げない芸人だとか、志が低いとか、文句の一つも言ってくるのに、だ。

「あ、あれ？」

身構えていたお華は、拍子抜けした様子で、滑らかに首を傾《かし》げている。するとお夏がここで、山越を見上げた。

「ねえお華。今日のおとっつぁんは、ちょいと変よね。そう思うわよね？」

山越が、月草の小屋へお夏を誘ったこと自体、まず珍しいとお夏が言う。

「おとっつぁんたらね、この後、一緒にご飯を食べようって言い出したの。隅田川に舟を浮かべて、そこで夕餉《ゆうげ》を取るんですって」

「あら、重箱に入れたご馳走《ちそう》を楽しみながら、親子で月を楽しむのね。風流でいいわぁ」

一帯の顔役で、しかもおかみを亡くしている山越なら、奇麗な芸者衆でも引き連れて、お月見をしそうなものではある。だが。

「親分さんは、お夏っちゃんに甘いから。たまには二人で、船遊びでもしたいのよ。きっと楽しいわ」

お華が優しく言う。だが、ここでお夏は、首をふるふると横に振った。

「違うの。あのね、おとっつぁんは最初、両国東岸の親分、悪一《あくいち》さんと、月見をするつもりだったの」

だが、どうしても気になることが出来たからと、その心づもりを止めてしまったのだ。しかも、約束を放り出したのは二回目で、悪の字を背負う友は、はっきりと顔を顰《しか》めたらしい。

「悪一の親分さんから、山越は最近何か、うじうじ考え続けてる、阿呆《あほう》だって文句を言われたの。なのに、それでも止めたの。でね、代わりに月草達を、誘うって言い出したのよ」

「へっ？」

だからお夏は、何事かと首を傾げつつ、父と一緒に月草の小屋へ、来てみたのだ。何しろ、月見の舟の棹《さお》を握るのは、小屋を仕切っている、おじじ殿だという。

「あの……あたし達も舟に、ご一緒させて頂けるってわけ？」

お華が、思わず小屋主へ目を向けると、山越が本当だと頷いている。

「あらまぁ、おかたじけ」

人形のお華は、勿論《もちろん》平気そうな顔をしているが、月草は顔を強ばらせてしまった。月草は、山越の持つ小屋へ出ている芸人、つまり使われている側だ。そして今まで、一帯の大親分から、舟での月見に誘われたことはない。

（誘われるかもって、考えたことすらなかったな。しかも、他の親分さんを押しのけて）

その上山越は今日、棹を握る船頭を、片腕の、おじじ殿に頼んだらしい。

（ということは）

月草はここで、お華を抱え直した。

（親分が舟で、他の者に聞かれたくない話でもするんじゃないかって、思っちまうよな）

なぜ山越は、他に聞かせたくない話をする相手に、悪一ではなく、月草を選んだのか。それは月草が聞いても、大丈夫な話なのだろうか。月草は思わず小屋の土間へ、目を落としてしまった。

（おれは一介の芸人なんです。親分、危《あや》ういことへ首を突っ込むのは、怖いですよぅ）

誠に正しい考えだ。

しかし、だ。月草はその一言を、山越やおじじ殿へ、言うことは出来なかった。月草は山越が持つ小屋へ、出してもらっている芸人なのだ。取り替えがきく。

（親分から、ただ飯を食べようって誘われて、この両国の芸人が、断れるか？　どう考えても、無理だよなぁ）

思わず溜息《ためいき》をつきそうになっていると、山越がお夏を促し、そろそろ行くぞと、表へ歩み出してゆく。お華と月草は顔を見合わせ……後に続くしか出来なかった。

2

風がなく、暑くも寒くもない、心地の好《よ》い宵《よい》であった。隅田川に浮かぶ舟から見上げると、空の月は青い光の輪を負って輝いている。

「ああ、贅沢《ぜいたく》な月見ですね。奇麗だ」

お華を、久方ぶりに膝《ひざ》に抱いたお夏が、嬉《うれ》しそうな顔で頷いた。お華を離したので、月草は自然と、山越の酒の相手をすることになっている。

「うめえ酒だろ。伏見《ふしみ》からの下りもんだ」

一息で最初の杯を空け、山越は良い酒だと頷いた。ただ、直《す》ぐにその酒杯を置くと、酔ってしまわぬ内に話をしておくと、月草の目を見てきた。

「あらあ、やはり舟に乗ったのは、内緒話の為だったのねぇ」

喋《しゃべ》り出した声は、お華のものだったから、狭い舟の中では、お華が話しているようにしか思えない。お夏が笑顔になった時、お華は、一つだけ分からないことがあると、言葉を続けた。

「何やら大事なお話を聞くことに、なりそうだわ。けど親分さん、どうしてお夏っちゃんを連れてきたの？」

知ってしまったことを、他へ漏《も》らさずにいることは、結構大変なのだ。そしてお夏はまだ、十三であった。すると山越は、お夏を見た後、きっちり答えてきた。

「実はな、これから月草に聞いて欲しい話だが、お夏も関わりがあるからなんだ」

だから娘にも、話しておかねばならないという。

「お夏の、兄の話だからな」

「えっ？」

「あらぁ、先にお会いした春太郎さんが、また何か言ってきたの？　今の両親が待つ口《くち》入《い》れ屋へ、帰ったんだと思ってたわ」

　春太郎というのは、山越が嫁を取る前に、余所《よそ》でなした若者であった。先だって、両国へ姿を現してきたので、月草も会ったのだが、確かに山越親分と似ていた。

　だが山越はここで、首を横に振ったのだ。

「今回、関わってきたのは、春太郎じゃねえ。おれにはもう一人、お富士というおなごが産んだ、秋ノ助という息子がいると、先に話したよな？　そいつが最近、文《ふみ》を寄越《よこ》したんだ」

　それで、おじじ殿が秋ノ助と、寺前の茶屋で一度、会ったという。山越はその様子を余所から見て、顔を確かめていた。

「あらま。お夏っちゃんの、二人目のお兄さんが現れたんだ」

　それでここのところ、山越は様子がおかしいと、悪一から言われていたのだ。

「お華、その秋ノ助だが、二親と上方《かみがた》にいたそうだ。だが去年、親は続けて亡くなったとか。上方で開いていた食い物屋も、閉めたという話だった」

　そうなれば身内もいない上方に、留《とど》まる事情もない。秋ノ助は江戸へ戻ってくると、母親から聞いていた実の親へ、知らせを入れたというわけだ。

「ああ、並にありそうな話だよな」

　山越はそう続けると、何故だか、酷《ひど》く機嫌の悪い顔で、空になった酒杯を睨《にら》んでいる。

それから苦々しい様子で、言葉を続けた。

「お華、その秋ノ助だが。あいつは、おれの子じゃねえんだ」

「あらっ？　親分、その……」

「実はな、別れた後、お富士と子供がどうなったのか、おれは承知してる」

「あのぉ、親分さんは春太郎さんとは、関わってこなかったみたいだったけど」

「ああ、そいつは本当だ。そしてな、お富士や、その子とも、付き合いはねえ」

春太郎が現れたときおじじ殿は、山越が、子が出来た二人のおなごと、別れたと話していた。その代わり、先代の親分が二人へそれぞれ亭主を世話し、店を開くだけの金を出したと、確か、そんな風に言っていたのだ。

「春太郎母子を引き取ってくれた父親は、無事、口入れ屋を開いたって耳にした。一家でつつがなく暮らしてたんで、おれはその時からきっぱり、関わるのを止めたんだよ。迷惑なだけだ」

だから山越は、先だって春太郎に会った時、顔も分からなかったのだ。そして。

「実はお富士の方は、別れた後、店をやったわけじゃなかった」

お富士の親は、武家の三男で、仕官が叶《かな》わないまま、手習いの師匠になった者だった。だがお富士が山越と知り合う前に、父は既に身罷《みまか》っており、お富士が師匠を継いでいたのだ。

しかし当時、お富士の祖父は、まだかくしゃくとしていた。それで先代の親分は、檀《だん》那寺《なでら》の僧侶《そうりょ》を介し、子の出来たお富士に持参金を付けて、祖父に託していた。

「その後お富士は親戚《しんせき》筋の男と、無事添った。生まれた息子も、ちゃんとお江戸で元気にやってる。おれは顔だって知ってる。住んでいる所も、分かってるんだ」

秋ノ助は、今の父親の見習いとなり、武士として、お役にも就いているという。

「あら、義理のお父上は、お武家様なのね」

「お華、実は秋ノ助ってぇいうのは、本名じゃない。お武家が、おれみたいな地回りと縁があったら、困ることが起きるかもしれねえ。だから仮の名で呼んでたんだ」

息子の本当の名は、青木直正《あおきなおまさ》なのだという。

「なるほど。親分さん、つまり最近現れた秋ノ助さんは、真っ赤な偽者だってわけですね」

するとここで月草は眉根《まゆね》を寄せ、お華は戸惑うような声を出した。

「あのぉ、親分さん。そこまで分かってるなら、どうして困ってるの？」

こうして月草をわざわざ、月見へ誘ったということは、秋ノ助が現れたことで、頭を抱えているとしか思えない。しかし、だ。

「偽者へはっきり、おまえは息子じゃないって、言えばいいだけじゃないの？」

本物の息子は江戸にいて、ちゃんと暮らしている。その一言で、事は終わるとお華は言ったのだ。お夏や月草へ、内々の話を聞かせる必要すらない筈《はず》であった。

するとと山越が、薄く笑った。

「ああ、お華の言う通りだな。だが、その言葉は、言えねえんだよ」

何故なら。ここで山越は顔をさっと、お華へ近づけた。

「おれは秋ノ助へ、直正が息子だとは、告げられねえんだ。直正はお富士の、今の旦那《だんな》の子だってことに、なってるんでね」

婚礼の後、月足らずで生まれた子の親が誰か、勿論青木は承知だ。だが二人の周りの武家達は、結婚が遅れた事情を、別にあると考えているらしい。

青木は、お富士の持参金で株を買い、武士としてお役に就いていた。つまり周りは、子が出来、慌ててお役に就く金をかき集めていたので、婚礼が遅れたと思っているようなのだ。

山越は、育ててやれなかった息子の為、せめて、余計なことは言わないようにすると言い切った。すると、お夏が父を見る。

「あの、おとっつぁん、兄さんの実のおとっつぁんが、山越だって分かると、そんなに拙《まず》いの？　青木さんは、兄さんがおとっつぁんの子だって、知ってるんでしょ？」

山越はふっと険しい顔つきを緩め、訳を告げる。

「お夏、歌舞伎《かぶき》役者には、年に千両稼ぐ者もいる。だがな、それでも、河原乞食《かわらこじき》と言われることも、あるんだ」

芸人などは、金を稼ごうが、どうしようが、世間からは、一段下に見られていた。つまり芸人達を集め、稼いでいる地回りへ向けられる目も、厳しかった。

「まあ、盛り場では、胡散臭《うさんくさ》い出し物だとて、堂々と行われてるからな」

喧嘩《けんか》も結構起きている。それにお上が禁じている賭場《とば》も、こっそり立つことが多いのだ。悪一の縄張りなど、時々同心《どうしん》と揉《も》めているという。

「その上だ。両国の盛り場は、江戸一の賑わいで、金が儲かる場所でもある。うちみたいな地回りは、余計良くは言われねえのさ」

つまり山越の子だと知れたら、直正がお役を務めるのに、困ることはあり得る。

「だからおれは、今更あいつの親だとは言えねえわけだ」

しかも直正のことを告げないまま、どうやって偽者を退けたらいいのか、山越には分からないという。ここで月草は、己の声で、真面目に答えてみた。

「ならば秋ノ助さんへ、今更出てくるなと言ったらどうです？　手切れ金は既に、渡してるからと」

山越は首を横に振った。

「もう一人の子、春太郎は、追い返しちゃいない。その手は、おれには使えねえよ」

次に、お華の声が語った。

「あら、じゃあ、本物の息子さんは、もう亡くなってるって話すのはどう？　つまり秋ノ助さんは偽者だ。消えろって言うのよ」

秋ノ助は本当に偽者なのだ。そう言って強引に始末をつける手を、使えると思われた。

ところが山越は、これにもうんと言わない。

「下手に嘘《うそ》をついて、そんなことをした訳を、今の秋ノ助が知ったらどうするんだ？直正のことを秋ノ助に捜し出されたら、直正に迷惑が掛かるかもしれねえ」

山越は今回、酷く慎重であった。するとここで、厳しい声を出したのは、なんと、お夏であった。

「おとっつぁん、お華と月草は、真面目におとっつぁんの悩みへ、答えてるわ。なのに、首を横に振ってばかりなんだもの」

それでは何の為にお華を、舟に招いたのか分からない。お夏にそう言われると、山越はやっと、素直に頷いた。

「そう、そこなんだが。お夏、よくぞ切り出してくれた」

「はい？」

舟の内で、ぐっと月草の方へ身を乗り出すと、山越は、こう言い出してきた。

「月草、おめえは最近よく、困り事を片付けてるだろ？」

お華が相棒として居るからか、芸人にしては大層、上手《うま》く事をさばくと、山越は思っていたのだ。

「なら今回もおめえが、この山越の為に、働いちゃくれねえか。おれは表に立てねえ。だから代わりに月草が、うまく秋ノ助のことを調べ、始末を付けてくれねえか」

その件を頼む為、今日、舟へ呼んだのだ。親分からそう言われ、お華は咄嗟《とっさ》に声を上げてしまった。

「お、親分さん、無理よう」

　すると山越は急ぎ、勿論、報酬は払うと口にした。しかも、大盤振る舞いだと言うのだ。

「月草が、小屋で芸をした後、受け取る金だが。これからは入って来た木戸銭の、一割をやろうじゃねえか。ずっとだ」

「おお、一割に値上げですか」

　月草が思わず山越を見た、その時であった。お夏が舟の内で、頓狂《とんきょう》な声を上げたのだ。

「一割に上げるって……おとっつぁん、今まで、月草が話芸で稼いだ木戸銭から、九割以上、巻き上げてたの？」

　お夏はただ、目を見張っている。

「そりゃ働いてる小屋は、おとっつぁんのものだけど。でも月草は、一人で重いお華を抱えて、一日に何度も何度も、話してるのよね。でも、おとっつぁんは、木戸銭を貰《もら》う為に、何にもしてないのに」

　なのに山越が、九割も懐に入れるのか。お夏はしばし呆《あき》れ、その内、妙な納得の仕方をしてしまった。

「確かにこれじゃ、地回りの親分に、良い評判なんか立たないわ。芸人達が働いて得たお金から、九割以上持って行くって知ったら、皆、阿漕《あこぎ》な悪い奴って思うもん」

　山越が、慌てることになった。

「お、お夏。どんな割で金を貰うかは、芸人によって、それぞれなんだ。それに、この両国は山越が仕切って、楽しい土地にしてる。そこで小屋に出てるから、お客が来てくれるってことは、あるんだぞ」

月草は己のことを、親子が話しているのを見て、思わず眉尻《まゆじり》を下げてしまった。

（親分さん、本当にお夏お嬢さんに、弱いんだなぁ）

大親分の山越が必死の顔で、十三の娘に、言い訳をしているのだ。

「小屋をやるのにも、必要な金はあるんだ。ほら、舞台に立つ月草の為、客を呼ぶ若い衆が、小屋で口上を述べてるだろ？　おれはそいつに、金を払わにゃならねえ」

銭勘定をしているおじじ殿にも、払いは必要だ。小屋には修繕もいる。腰掛ける床几《しょうぎ》を用意したり、蠟燭《ろうそく》代を出すのも、山越がやっていた。

「それにだ。月草はこれでも、結構稼いでるんだ。まあ確かに取り分を聞くと、少なそうに思えるだろうが」

それに、一人で芸をしている月草と、大勢で芝居などしている芸人達では、貰う金の割は、一緒には出来ない。

「大勢で芸を見せている者達へも、それなりに、渡さなきゃいけねえしな」

山越は大真面目に、頷いている。

「それにお夏、山越にゃ、まだ余り稼げねえ若い衆も、いるんだ。そいつらにも、おまんまを食わせねえといけねえ。だから稼ぐ者が、その分を出すんだよ」

だがお夏は、渋い顔のままだ。

「おとっつぁん、何度聞いても、やっぱり月草の扱いは、酷いと思うわ」

「お、お夏ぅ、分かってくれよぉ」

親分が情けない声を上げ、泣きそうな顔になったので、月草はつい、山越親分を庇《かば》った。

「お嬢さん、まあ、持ちつ持たれつってことは、あるんですよ。この両国は、芸人にとって、そりゃ、ありがたい場所なんです」

「……よく、分かんないわ」

「んふふっ、確かにお金って、ややこしいわね。この華姫も、わっかんない」

「要するに月草は、親分の前で気を遣ってるんだわ」

お夏は頷き、ならば山越の娘である自分が、力を貸すと、言い出した。

「お金を少ししかもらえなかった上に、良いように使われたんじゃ、大変だもの。お華、あたしは味方よ」

お華が顔を、大親分へ向けた。

「親分さん、お夏っちゃんの敵方になったの？」

「お夏、止《よ》してくれ」

親分が泣きそうな声を出し、月草がまた慌てて、お夏を止めにかかる。言葉を尽くしている内に……月草は気が付くと、山越の頼みを断れなくなっていた。

（あ、おれって阿呆だ）

隅田川を、月が柔らかな青い光で照らしていた。

3

翌日から、月草は堂々と、仕事を怠《なま》けることにした。まだ日暮れまでは大分ある刻限に、勝手に話芸を終えてしまったのだ。

山越が、太っ腹な払いを約束してくれたので、仕事を減らしても大丈夫だと言うと、おじじ殿が怖い顔をした。

「それにおじじ殿、秋ノ助さんの件を、大急ぎで片付けなきゃ駄目ですから。ええ、これから捜しに出るんですよ」

のんびりしていると、偽者の秋ノ助が、己は山越の息子だと触れ回りかねなかった。それに。

「その若いのは、親分の息子が秋ノ助という名なのを承知の上で、名のってやす。そこが気になってね」

世話になっている芸人の、月草ですら知らなかったことを、秋ノ助はちゃんと摑《つか》んでいたのだ。つまり秋ノ助は何らかの形で、この両国と繋《つな》がっているに違いなかった。月草は、この地と偽の息子を繋いでいる糸を、手繰《たぐ》りたかった。

すると。月草とおじじ殿しか居なくなっていた小屋へ、お夏が現れてきたのだ。

「あら、もう話芸を終えたの？　間に合って良かったわ」

そして、自分はお華の味方なので、約束通り、毎日一緒にいると言い切った。

「あたし、お華だけじゃなくて、おとっつぁんの為にも、月草の調べ事に手を貸すことにしたの。大丈夫、おとっつぁんには、ちゃんと話してきたから」

山越が渋々とはいえ、承知した証《あかし》として、お夏はこれを調達してきたと言い、小さな巾着《きんちゃく》を、お華へ差し出してきた。

中に紙切れが一枚入っており、〝月草の阿呆。お夏を守れ〟と書いてあったものだから、お華が月草へ顔を向け、笑い声を立てる。

「お夏っちゃん、親分さんのお小遣いを、減らしてきたのね。ああ、軍資金をちょうだいって言ったら、親分さんが、お財布を渡してくれたんだ」

お夏はそこから、使いやすそうな小さな形の金を、ざらざらと巾着へ移してきたらしい。月草が袋を覗《のぞ》き込むと、銭や二朱の金、一分や二分の金、小粒の銀までが、混ぜこぜになって袋に収まっていた。

「あの……おれがこれを使って、いいんですか？」

月草とお華は、恐る恐る、おじじ殿へ目を向ける。おじじ殿が、溜息と共に頷いた。

「ここでお嬢さんへ駄目だって言うと、親分が阿漕だと言われて、嘆くことになりますから。月草、山越の親分が本気で不機嫌になると、そりゃ怖《こ》ええんだぞっ」

そして山越は今、月草への頼みを、引っ込めることなど出来ない。何としても秋ノ助のことは、片付けたいと思っているのだ。

つまり。

「月草、おめえは、お夏お嬢さんが危ない目に遭わねえよう、気を遣いながら、調べ事をしなきゃならねえ。覚えときな」

「あ、はい」

「出来るなら、調べ事は自分とお華だけでやって、お嬢さんには、分かった事を告げるだけにして欲しいが」

「おじじ、あたし、そんなの嫌よ。きちんと役に立つんだから」

お夏が直ぐに返事をして、おじじ殿は、両の眉尻を下げてしまう。そして、小言を言い足した。

「正直に言います。お華はともかく、月草は間抜けをしそうなんですよ。つまりお嬢さんと二人じゃ、心もとなくってね」

それでも、山越がお夏の勝手を許したのは、月草が調べ事をする場が、この両国だからだ。

「本当に、よぉく気を付けて下さいね」

「おじじ殿、頼りなくて済みません」

謝る芸人へ溜息を漏らすと、おじじ殿は月草へ、これからどう動く気かと問うた。

月草はちょいと考えた後、巾着へ顔を向けてみた。そしてお夏に感謝をしつつ、この金子《きんす》で、団子でも頂くことから始めようかと言ったのだ。


団子を食べる為、月草はお夏と、両国橋を東へ渡った。西の盛り場にも、山と売っている団子からは器用に目をそらし、前を通り過ぎた。

東の盛り場は奥の方へ行くと、橋の西に比べ、猥雑《わいざつ》な出し物が多くなる。回向院へ向かう道から逸《そ》れた先には、賭場などもあった。だからか道を行き交う者は、両国での遊びに馴《な》れた様子の、男の客が多かった。

そんな中へ、月草は珍しくも、大きくて豪華な木偶人形、お華を連れて行ったのだ。しかも山越の娘、お夏も一緒だから、道で大いに目立って、あっという間に人が寄ってくる。

「こいつぁ、山越のお嬢さん。華姫を連れて、お遊びとは珍しいですね」

客の一人が口を開くと、近くの小屋にいた手下達も頭を下げてきた。すると、お華が両の手をひらひらと振って、場を仕切り始めた。

「ああ、みんな、駄目よ、お夏っちゃんを邪魔しちゃ。お夏っちゃんは今、毎日、お針の練習で忙しいの。今日は久しぶりに、みんなの芸を楽しみに来たんだから、ゆっくりさせてあげなきゃ」

男どもは頷くと、笑みを浮かべて引き下がった。するとお華はお夏の傍らから、並んでいる怪しげな出し物の看板を、楽しげな様子で眺め出した。

小屋内へ入ったりしなかったが、その代わり、小屋前で出し物について口上を述べている男達へ、お華は声を掛けていった。

「あら、鯔背な兄さんがいるじゃない。兄さーん、ちょいと聞いても良いかしら」

「おや華姫だ。木戸銭も払ってねえのに、話をしてもらえるとは、嬉しいこって」

「あのね、最近秋ノ助さんて名の、若いお人が、山越の事を聞いてこなかった？」

「秋ノ助さん、ですか？　さあ、そういう名のお人の事は、耳にしちゃいないですが」

順に問うていったが、秋ノ助を承知していると、都合のいい話をしてくる者は現れない。暮れてきてしまい、月草はその日、早々に外出を終えた。団子を買うのも忘れたまま、お夏を屋敷まで送ったのだ。

だが、山越から頼まれ事をしたのだ。月草は、あっさり秋ノ助捜しを、諦《あきら》めたりしなかった。次の日も、またその次の日も、目立つお華を連れ、お夏に気を遣いつつ、両国でも、おなごが近寄らないような怪しげな場所へ、せっせと通った。

「月草、何で両国の東岸で、秋ノ助さんの話を聞いて回ってるの？」

お夏から問われると、偽者の秋ノ助が、山越の子の名を承知していたからだと語った。

「おれとお華の小屋は、両国橋の西岸にありやす。そして話芸をする中で、色々な噂話《うわさ》も聞いてきました」

けれど山越親分に、二人の息子がいるという噂は、小屋内で聞いたことはなかったのだ。

「地回りの、跡取り争いが関わってる剣呑《けんのん》な噂は、西岸じゃ聞こえねえってことです」

もし秋ノ助の名が囁《ささや》かれるとしたら、賭場が昼間から開かれているような、危うい東岸の奥に違いないと、月草は考えたのだ。

「ただねえ。なかなか噂を摑めねえ」

だからお夏へ、毎日来なくてもいいのだと、月草は言ってみた。お華を抱えたまま、お夏にも気を配るのは、月草にとっても大変なことなのだ。

だがお夏は、お華の袖《そで》を摑んだまま、離れない。

「あたし、神田や両国で育ってきたのに、橋の東側のこの辺りって、ほとんど知らない。来たこと、なかったんだわ。だから今、ちゃんと見ておこうと思うの」

「あのぉ、お嬢さん、東岸を歩くのは、別の機会でも良いと思うんですが」

「お華は、あたしが一緒の方が、良いわよねえ？」

「えっ？　そうね……うん、そうだわ」

月草は降参することになったが、まあ両国の内で、お夏が危ない目に遭うことはなかろうとも思う。

「じゃあ、捜し続けますか」

そう思い定め、秋ノ助を求めて、更に十四日が経った。いい加減、お夏も飽きてきた様子で、人捜しよりもお華と話すことが増えている。そして、そんなある日のこと。東岸で、お夏と甘酒を飲んでいたところ、近くの小屋の奥から、男が不意に、お華達三人の前に姿を現してきたのだ。気合いの入った強面《こわもて》であった。

道にいた者達が、一気に引く中、男は小屋の入り口を指してきた。

「お夏お嬢さんと、その連れ。ちょいと奥へどうぞ」

言葉が丁寧だったのは、間違いなくお夏へ話しかけた為に違いない。断るなど思いもよらず、お華を抱えた月草とお夏が、男へ従うことになった。すると筵《むしろ》を敷いた、がらんとした土間へと通される。

(おや、ここは賭場か。でも、人がいない)

月草が口を開けずにいた、その時だ。お夏が横で、急に笑みを浮かべた。

「あたし、分かったわ。おじさん、悪一さんでしょ？　おとっつぁんの飲み友達で、親分さんの」

顔を見たのは随分久しぶりだと、お夏が寄っていく。

「わはは、覚えてくれたか。お夏坊、大きくなったな」

改めて悪一と名のった男は、頭に白髪の筋が見え、山越より少し年上くらいに思えた。

両国の東岸の奥、山越などより遥《はる》かに危ない辺りを仕切っている地回りだと、あけすけに言ってくる。

そして、月草を睨んできた。

「おめえ、秋ノ助の名を、最近この東岸で口にしているようだな。どういう了見だ？」

なぜ、その男を捜しているのか。余りに恐ろしい顔つきで聞かれ、月草は情けなくも、直ぐに返答が出来なかった。

だがお夏を連れている以上、黙って逃げ出す訳にもいかない。それで、お華に頼った。

「悪一さん、そう凄《すご》むもんじゃないわ。月草はただの芸人で、しかも何年か前に、西からお江戸へ来た男だもの。秋ノ助なんて名は、最近まで知らなかったのよ」

では、誰からその名を聞いたのか。

「決まってるわ。山越親分が、己に息子が二人居ると、教えてくれたのよ」

お華の言葉に、お夏も頷く。すると悪一は、片眉を大きくつり上げた。

「あの山越がおめえに、わざわざ秋ノ助の名を、教えたのか？　ああ、おれの代りに、おめえが月見の席に呼ばれて、そこで、名を耳にしたってわけか」

それで今回、秋ノ助を探ることになったとき、名を承知している月草が駆り出されたのだと、お華が告げる。

「山越親分は、秋ノ助さんが本物の息子だとは、考えてないの」

つまり月草は、秋ノ助が別人だという証を摑み、馬鹿を言わぬよう、秋ノ助へ、言い含めねばならないのだ。

「もう、大変なのよ。悪一さんも、そう思うでしょ？」

お華の木偶の手が、腕を触った途端、悪一が一寸《ちょっと》、お華から身を引いた。同じ両国に暮らす者同士、悪一も華姫の名は、承知しているようではあった。ただ。

「華姫の声は、芸人月草が語っているもんだと、聞いてるぞ。だが、こんなに近くにいるのに、人形が、己で話してるようにしか思えねえ」

溜息を漏らした後、悪一は、委細承知したと頷く。そして驚くことに悪一は、月草達が探している秋ノ助のことを知っていると、話しだしたのだ。

「あの若いのは、今、おれんところの賭場に、よく来てるんだ。あいつは賭場で、わざわざ己の名を口にしてるんで、目立ってる」

悪一は秋ノ助の正体を、西から流れてきた、半端な野郎だと踏んでいた。

「あの若いのが、山越の息子に化けようとしているたぁ、驚いた」

大馬鹿者だが、目の付け所はいいと、悪一は、怖い笑いを浮かべた。秋ノ助を名のっても、まあ何が出来る訳もないと、悪一は見逃していたのだ。

ところが。

「何故だか華姫が、秋ノ助を捜してると、噂が届いてきた。しかも人形遣いは、山越の娘お夏坊を、連れているって言うじゃねえか」

それで悪一は、事の次第を確かめようと、お夏達へ声を掛けたのだ。

「で？　月草とやら。今も秋ノ助が、うちの賭場にいるとしたら。これからどうしたい？」

今から秋ノ助に、会うかと問われたのだ。

「それとも、あの若いのを、山越の屋敷へ連れて行った方がいいかい？」

月草、お華、お夏は、一寸顔を見合わせ、揃って首を横に振ることになった。

「お嬢さん、山越の屋敷へ、いきなり秋ノ助さんを連れて行ったら、親分も困りますよね？」

「山越親分は月草へ、何でおめえが自分で始末しないのかって、怒ると思う」

お華が断言し、お夏と月草が頷く。月草は悪一へ、こう頼むしかなかった。

「あの、秋ノ助さんを、誰もいないこの賭場へ、連れてきてもれえますか？」

そして月草が、お華と共に、秋ノ助と話してみると言ったのだ。

「おおよ。そう言うかもと思ったんで、ここを空けといたんだ」

ただ、お夏が一緒に残るなら、悪一は用心棒のつもりで、己もこの賭場にいると言ってきた。月草は急ぎ、ここで聞いたことは、他言無用と頼むことになった。

「言われるまでもねえ。おれも山越も、互いの悩み事は、色々知ってる。けど、今まで相手に、迷惑を掛けたことはねえぜ」

月草は頷いた。実は悪一が立ち会ってくれることに、心の奥で、ほっとしていた。秋ノ助が強そうな男だったら、月草では戦えないからだ。

（秋ノ助さんの噂を摑みに出たら、本人に出くわしちまったか）

月草はまさか偽者が、こうも堂々と両国へ来ているとは、思ってもいなかったのだ。表へ出て行く悪一の背を見つつ、溜息を漏らした月草の頬を、お華の手が軽く叩《たた》いた。

4

賭場に現れた秋ノ助は、よくいるような若者であった。

割と細っこく、背は高めだ。

強面でも、悪人面でもない。さりとて役者のような、いい男でもない。強そうではなかったが、若く、丈夫そうであった。

するとここで、お夏が首を傾げたのだ。

「あら、おとっつぁんに、似てないわ」

以前、山越親分の前に現れた春太郎は、一目でそれと分かる程、山越と似ていた。だからお夏は、兄弟を名のる秋ノ助も、父親と似た様子に違いないと、どこかで思い描いていたのかもしれない。

しかし、だ。月草は小さく首を横に振った。

（この秋ノ助さんは、親分のお子じゃねえ。似てる訳もねえんだ）

そして腹をくるると、月草はお華と共に、秋ノ助と向き合った。お華は華姫の、まことの水の眼が、真っ直ぐに見つめると、秋ノ助が見返してくる。お華は静かに語り出した。

「秋ノ助さん。お前さんは、この場から上方へ、帰った方がいいわ」

山越が、秋ノ助のことを歓迎していない訳は、分かっている筈であった。

「そうでしょう？」

すると目の前の秋ノ助が、一寸顔を歪《ゆが》め、お華を睨んでくる。

「おや木偶人形が、突然話し出した。しかも、うるさいことを言ってきたぞ」

人形は黙ってろと言ったので、お夏が口を尖《とが》らせる。するとお夏の横に立っていた悪一が、薄く笑い首を横に振った。

「〝まことの華姫〟が、上方へ戻れと語ったんだ。あんた、言うことを聞いた方が、良かろうさ」

お華はまことを語る姫なのだ。つまり真実を告げると言われ、両国で名を揚げている者であった。

「時にその真実は、耳に痛いんだそうだ。都合悪い話も、聞くことになるとか」

秋ノ助が今、腹を立てているのは、お華の話が〝まこと〟だからだろう。だが怒っても、話が都合良く変わることはない。

「だから秋ノ助さん、どうして両国へ現れたのかは知らねえが、山越へ入り込もうなんて考えは、さっさと捨てるんだな」

こういう輩《やから》が現れるから、山越が落ち着かないのだと、悪一は言い出した。

「先だって春太郎さんが現れてから、山越はいつもと違う。おれとの約束さえ、忘れる始末だ」

山越はどの息子とも、もう会わないと決めていたはずだ。なのに最近、やたらと気にしている様子であった。

「おれはあいつの息子の話を、この辺の賭場で愚痴《ぐち》っちまったよ」

途端、お華とお夏は、悪一へ目を向ける。

「あの、もしかして親分さんが、秋ノ助の名前を、広めちゃったの？」

ひょっとしたら、その噂を、秋ノ助が利用したのだろうか。

「えっ？ そいつは……さぁな」

悪一は、そらっとぼけた顔で、明後日《あさって》の方を向いている。

「とにかく、息子の件に始末をつけられねえ、山越が悪いんだ」

すると。賭場に立っていた秋ノ助が、口をへの字にした。

「わざわざ山越に、文を出したんだ。木偶人形や、賭場の男が妙なことを言ったからって、おれは消えたりしねえよ」

するとお華は、次の一言を繰り出す。

「秋ノ助さん、お前さんが本当に、山越親分の子供だというなら、この両国へ来ちゃいけないの。だって先代の親分さんはお富士さんへ、手切れの為に、きちんと大枚を渡してる」

　お富士も納得し、話は終わっているのだ。

「秋ノ助さんが本物だとしても、誰も山越の親分へ、この両国へ迎えろなんて言わないわ」

　月草は、秋ノ助を見つめ続けた。

（さて秋ノ助さんは、どう返事をしてくるか。いい加減、引いてくれたら助かるんだが）

　そうすれば山越から受けた、無茶《むちゃ》とも言える頼みが、無事終わることになる。月草は、期待を込めた目を秋ノ助へ向けた。

　すると、だ。秋ノ助は不意に、顔に笑みを浮かべたのだ。そして月草へ、本当に、思いもしなかったような話を語ってきた。


　山越は、不機嫌であった。

　娘お夏が、両国の東岸へ行くのは、承知していた。しかも一人では危ういと、ちゃんと気の良い芸人月草を付けていたのだ。小屋を回っていただけだし、危ないことなど、何一つないはずと思っていた。

　なのに屋敷へ帰ってくると、お夏は山越の部屋へ顔を見せ、怖かったと言って、父の着物を摑んで離さない。山越は、仁王《におう》の親戚になったような顔をして、お供をしていた芸人、月草を部屋へ呼びつけた。

するとだ。月草と一緒に、何故だか友の悪一が、現れてきたのだ。そして山越へ、人払いを求めたので、顔を顰《しか》め承知した。部屋には山越、お夏、月草とお華、それに悪一のみが残された。

「それで？　悪一、何があった」

山越は、まず悪一へ顔を向けた。しかし、不機嫌な山越を見てもくじけず、お華が勝手に語り出した。これは月草が、山越親分から頼まれた件なのだ。

「あのね親分さん。親分さんが命じたんだもの、月草がずっと東岸で、秋ノ助さんを探っていたことは、承知してるわよね？」

秋ノ助の件に、なんとか片を付ける為だ。秋ノ助は文で、山越を父と呼んできたが、山越の子ではなかった。

「本当のお子はお武家になってると、分かってた。だから月草もあたしも、秋ノ助さんを叱る気でいたの」

秋ノ助が本当の子ではないと、こちらには確信がある。強く出られるからだ。

だからお華達は今日、悪一の賭場で秋ノ助と会った時、手切れの金は渡してあるから、帰れと言ってみた。

「おお、そういう風に話を持っていったのか」

だが直ぐ、山越が眉をひそめた。

「そういう話を聞いて、どうしてお夏が、ここまで怖がるんだ？」

お華が、先を語った。

「親分さん。月草が、手切れの話をしたらね、秋ノ助さんは、笑ったの」

「笑った？」

そして少し薄暗い賭場内で、居合わせた者達へ、びっくりするようなことを語ったのだ。まさか、あんな話をされるとは思わなかったと、お華が声を震わせる。

「あの男、自分は秋ノ助じゃないって、はっきり言った。だから金は受け取ってない。つまりその話は通用しないって、言ったの」

「……えっ？　はあっ？」

どういう話なのか、直ぐには呑《の》み込めなかったのだろう。山越が寸の間、黙りこむ。月草は、その気持ちが、ようく分かった。賭場で、秋ノ助と対面していた時、己も同じように、戸惑いの中にいたからだ。

「親分さん、現れてきた秋ノ助さんは、親分さんのお子じゃなかった。そしてね、そのことを、自分でようく承知していたの」

それだけではなかった。

「秋ノ助さんは次に、自分は直正さんでもないって、そう言い出したの」

「は？……秋ノ助という男、直正の名を承知してたのか？」

の？」

山越の顔が、青くなった。

「直正さんは定廻《じょうまわ》り同心だと、秋ノ助さんは言ってたわ。親分さん、その話、本当なの？」

「えっ？　定廻り同心？」

山越は呆然としてる。

もし、だ。山越の子供が、今、江戸の悪を取り締まる立場に立っていたとしたら。賭《か》け事をする賭場など、胡散臭い話に包まれている地回りが、実の親だという話は、ありがたくないだろう。

（だから親分さんは、あたし達にも、息子さんが定廻りの同心だとは、言わなかったのかな？）

知る者の数が増えると、話はいつか広まってしまう。山越は、それを恐れたに違いなかった。

すると、ここでお夏が、山越の着物の袖を握ったまま、口を開く。

「おとっつぁん、あのね。あの秋ノ助ってお人が言ったの。あたしの、兄さんになってあげるって」

「どういうことだ？」

「定廻り同心の直正さんは、今更地回りにはならない。だから秋ノ助さんが、代わりに息子となって、山越へ入ってあげるって」

もし嫌だと、山越が言ったら。

「青木直正様の妙な噂が、よみうりに出るかもしれない。あの秋ノ助さんは、そう言ってきたの」

「直正を、巻き込む気なのか……」

山越の顔が、見たこともないほど怖く、月草は思わずお華を引き寄せた。

「秋ノ助が何者なのか、まだ分からねえのか？」

山越へ返事をしたのは、悪一であった。

「うちの賭場の客だ。多分、上方の出だな。でもって、名のるほどの者じゃあるめえ」

「悪一、何でてめえが、そのことを承知してるんだ？」

「実は、おれが両国の賭場で、おめえが息子に振り回されてるってことを話した。あの秋ノ助は、それを聞きかじって、勝手をしてるようだ」

途端、山越が悪一の胸ぐらを摑んだ。悪一も拳固《げんこ》を握って、部屋をぶちこわしそうな騒ぎが、今にも起きそうになった。

だが、騒ぎは一寸で止まったのだ。

「怖いっ」

お夏が悲鳴を上げたので、慌てて月草が寄り、お華の手でお夏の背をさする。男二人は早々に、座り直した。

月草は己の声で、残りを語った。

「秋ノ助さんは話の途中から、自分が偽の子だってこと、隠さなくなりました。しかも、それでも山越を名のり、この両国へ、入り込もうとしてるんです」

お夏の兄という立場を、何としても得る気なのだ。

「お夏お嬢さんは、そいつを怖がってるんで」

悪一と山越が頷く。悪一は、口元を歪めた。

「無二の友だと思ってたんだが。山越、おめえはこの悪一にも、子がお武家だってことを隠してたな」

「言ってなかっただけだ」

「実はおれ、知ってたがな」

山越に関わっている何人かは、事情を承知しているという。山越が息を吐き出した。

「あれだけ用心してきたのに。こいつの他にも、知ってる奴がいるのか。なら、いつかは漏れる話だったようだ。ああ、息子の本当の名は、青木直正だ」

ここで山越はまず、父の袖を握ったままのお夏を、膝の上に抱え上げた。そして、娘の目を見る。

「この父は、お夏を守る。だから大丈夫だ。怖ぇえ奴なんか、山越には入れねぇよ」

お夏が頷くと、次に男二人へ顔を向けた。

「悪一、月草、おめえ達、賭場で秋ノ助と話した後、そいつをどうした？　どこかへ消えたとは、言わねえだろうな？」

悪一が、にやりと笑った。

「この悪一、そんな間抜けはしねえよ」

悪一としては、お夏へ気味の悪いことを言った秋ノ助を、堀川へ叩き込みたかったのだ。だが、何しろ山越の息子が、定廻りの同心になっているという話が、関わっている。

「余り手荒なのも、拙かろう。だから話に片が付くまで、両国から離れるなと言って、表へ出した」

もちろん手近にいた自分の手下が、秋ノ助の跡を付けていったという。しかし。

ここでお華が、声を上げた。

「山越の親分さん、あたし、あの時役に立ったの。だって悪一の親分たら、側に手下を、三人しか連れていなかったんだもの」

秋ノ助は両国の賭場へ通っており、東岸に詳しそうに思えた。つまり、手下三人ばかりで追っても、人混みに紛れ、舟に乗った秋ノ助に、撒《ま》かれてしまうおそれがあったのだ。

「でね、お夏っちゃん、聞いて聞いて」

お華が、明るくお夏へ手を振ると、お夏はようよう父親の袖から手を離して頷く。

お華はあの時、まず悪一へ遠慮無く、手下が少ないと文句を言ったのだ。そして。

「最近あたし、ずっと両国の東岸へ、月草と通ってたでしょう？　それでね、このあたしのことが大好きなお華追い達も、東両国へ、大勢来てたのよ」

つまり、お華が賭場の小屋から出ると、目に入る所に、見慣れた男達がいたのだ。

「あたし、お華追い達に、秋ノ助を追うよう頼んだの」

悪一が、苦笑を浮かべた。

「すると、だ。道にいた結構な人数が、さっと動いたんだ。魂消《たまげ》たぞ」

「お華追いの兄さん達、実は今も、この山越の屋敷にまで付いてきてるわ」

お華の姿は目立つから、山越へ向かったのを知り、追ってきたのだ。悪一は頷いた後、一つ息を吐いて眉根を寄せる。

「山越よう、そりゃお華は、奇麗な人形だ。でも、木偶人形なんだぜ」

なのになぜ、ああも多く、お華の追っかけが、この両国にいるのだろうか。しかも嬉しげに、お華に使われていた。

「あの男どもは、茶屋の娘っこと、遊びに行きたいと思わねえのかね」

すると山越が、身も蓋《ふた》もないことを言い、悪一が肩を落とす。つまり。

「お華ほど奇麗な娘っこには、なかなか振り向いちゃ、もらえねえからだろうなぁ」

だからお華の優しげな様子に、夢を見るのだ。しかも、お華と深い仲になれなくとも、誰も笑ったりはしない。相手は人形なのだ。

「あーっ……そういうことなのか」

すると、ここでお華が顔を上げ、部屋の外へと目を向けた。

「親分さん、お華追いさん達、秋ノ助さんのことを追った上、色々聞き込んでもくれたのよ。ちゃんと役に立ってるの」

「せっかく跡を付けたんだ。秋ノ助の本当の名でも、摑んだってなら褒《ほ》めるが」

大事な娘へ怖い思いをさせたのだ。そんな奴には仕置きが必要だと、山越が言う。

「ならばお華追い達を部屋へ呼んで、話を聞きやすか」

皆はちゃんと、秋ノ助の塒《ねぐら》などを摑んできていると、月草が答えた。

山越は頷いたが、しかしお華追い達は、入ったことのない親分の屋敷に戸惑ってか、なかなか内へ顔を見せてこない。

じきに月草が立ち上がって、お華と土間へ迎えに行った。

5

その後、月草はいつもの通り、小屋で暮れる頃まで、話芸を披露するようになった。お華追い達は、お華の可愛い姿を、通りで見られなくなったと、盛大に嘆いた。

すると。それから暫《しばら》くして、密《ひそ》やかな噂が、両国の盛り場に流れた。知り合いの嫁取りが決まったので、山越がそれを祝うというものだ。余程親しい相手なのだろうと、話が伝わった。

ただ珍しいことに、祝いは山越の屋敷や、高名な料理屋などでは、行わないらしい。最近、名が高まった、〝まことの華姫〟の話芸が楽しめる、ある小屋で開くことになったという。

「山越親分、何でそんな、地味なところで祝うのかね」

屋敷で祝えば、手下達も台所で一杯、酒など飲ませてもらうことも出来るのに。不満が流れたが、やがて静かになった頃、月草の小屋では、いつもとは違う客人方を、土間に並ぶ床几に迎えた。

「あらぁ、山越の親分さん、いらっしゃい。お夏っちゃん、今日の着物、奇麗ね」

いつもであれば、月草の口上が終わってから、舞台で話し出すお華が、土間で皆を迎えた。本日の小屋は、小屋主の山越が開いた宴《うたげ》の場なのだ。

「悪一の親分、先日、お会いしたわ。今日は、楽しんでいって下さいな」

「おや、お華。今宵《こよい》は愛想がいいな」

「あらやだ。あたし、毎日優しいのよ」

更に山越の従兄弟《いとこ》や弟、亡くなったお夏の姉の元許嫁《いいなずけ》・正五郎など、縁の深い顔が入ると、小屋は人で満ちてくる。その内、今日一の賓客《ひんきゃく》が現れると、小屋内に座っていた他の客達が一斉に立ち上がった。

よく知られている顔が、客達へ、にこりと笑みを向ける。

「おお、今日は気楽な席だと聞いてきたのだ。皆、わざわざ立ち上がらんでくれ」

「これは旦那、よくおいで下さいました」

山越が迎えたのは、両国辺りを見回っている定廻りの同心と、奉行所の仲間であった。馴染みの同心は噂の通り、妻を迎えることになったのだ。

となると大きな盛り場を抱え、日頃同心に、世話になっている山越としては、是非、祝いをしたい。しかし地回りと同心が仲が良いと、迷惑がかからないか、心配になるというものであった。

それで山越は、親しい客達に目を向け、この小屋へ集まってもらった訳を話し、頭を下げる。

「今日は定廻りの旦那に、このところ名が通ってきました出し物、月草の話芸を、確めて頂こうと思い立ちました。怪しげなものでないか、どうぞご検分下さい」

そういうことならば、定廻りの職務の一つとも言えるから、堂々と盛り場の小屋へ来てもらえるのだ。勿論、席には酒や肴《さかな》が、たっぷりと用意されている。

「お華も、祝いを申し上げたいと言っております。皆様、楽しんでいってくださいまし」

「定廻りの旦那ぁ、初めまして、お華です。あら、背の高い旦那だこと。頼りになりそうだわ」

最初は丁寧に話していたものの、お華は直ぐに、くだけた口調で語り出す。いつもの舞台とは違って、月草とお華は、床几に腰掛けている客人達の横に立ち、話を向けていた。

しかし目と鼻の先にいても、お華が話しているように見えるから、不思議であった。定廻りなど、初めてお華に会った客達は目を丸くして、姫様人形が話す様子へ見入っている。

「今日は、旦那のお祝いの日だもの。是非、お奇麗だという許嫁の方の噂など、お聞きしたいわ。あら、勘弁してくれって？　月草ぁ、聞いては駄目だって」

「お華、もうちっと落ち着け」

月草が叱るように、お華をこつんと叩く素振りをすると、お華がぷいと顔を背ける。その様子が余りに人めいていて、皆の目が更に、見開かれた。

「おや、人形遣いの声と、華姫の声、本当に違うぞ」

定廻りが思わず口にすると、笑い声が客達から漏れる。

「ふふふ、この月草の声も、良いもんでございましょう？」

「あら、野郎の声なんか聞いても、面白くもないわ。ねえお客さん。そうよね？」

返事が幾つかあって、お華と月草の話芸が、ゆっくりと熱を帯びていく。客達が話に乗り始めたと見て、華姫が動きと言葉を増していった。

その内、一番離れた、小屋の入り口近くに立っている客へ、お華は顔を向けた。それから、話の中へお客を引き込もうとして……本当に珍しくも、その声が、途中で切れてしまったのだ。

「あ、あら」

お華が、入り口の方へ目を向けたまま、しばし動かなくなった。ここで小屋内にいる大勢の目も、入り口の方へと向けられる。

すると、悪一の、奇妙なほどに落ち着いた声が、部屋内で聞こえる。

「おや、どこかで見た顔が、現れているじゃないか。賭場で、この祝いの話をしたからな。やっぱりおめえは、噂を摑んで来たな」

入り口に立つ若い男は、にたりと笑みを浮かべた。

「皆さん、自分は秋ノ助と言います。今日は、招かれちゃいない。ですが、来なきゃ駄目な日だったんで」

何しろ今日、この月草の小屋には、定廻りの旦那が来ると、噂になっていたのだ。

「ええ、おれは是非、旦那にお会いしたかったんですよ。なぜって？　そりゃ……この秋ノ助は、山越の二人目の息子なんでね」

途端、小屋の内が、大きくどよめいた。

しかしそれは、早々に収まる。なぜなら山越親分が、両の手を組んだまま、秋ノ助を名のった若い者に、何も応《こた》えなかったからだ。

そして山越の代わりに、ここで招かれた客、定廻りの旦那が、すっくと立ち上がった。黒の紋付き羽織に、縞《しま》の着物を着流しにした姿が、秋ノ助を名のった若者と向き合った。

「わしは、町奉行所の同心だ。定廻りでな。今日は一帯の顔役山越に、縁談が決まった祝いを、してもらっていることになっておる」

「……なっている、とは、妙な言い方で」

秋ノ助が、眉根を寄せる。定廻りが笑った。

「実はな、わしは今日、山越から相談を受けたゆえ、この場に来たのだ。山越は、縁もゆかりもない男から、脅されていると訴えてきた」

「えっ……」

小屋内に、低い声が幾つも流れた。

「山越には、余所に子がいるのだそうだ。すると、その子が武家へ養子に行ったことを知っていると、ある男が言ってきたとか」

そして山越へ、地回りとの繋がりが噂になっては、お武家の子が困るだろうと告げた。余所にその件を話されたくなければ、自分を山越の実の子として、迎え入れろ。そう強《し》いてきたという。

「両国の盛り場は、江戸一、賑やかなところだ。無謀にも、血縁もないのに、そこの頭《かしら》となりたい者が、どこかにいたらしい」

ここで小屋の内から、呆然とした声が聞こえてきた。

「あの、でも。山越の親分さんともあろうお方が、そんなことを言われて、黙っているとも思えませんが」

そう話したのは、先日代替わりした山越の従兄弟で、身内の気性が大人しくないことは、重々承知しているようであった。

　するると。ここでお華が、文楽《ぶんらく》の人形に聞いた話を、語ると言い出した。つまり、人形芝居の話として皆へ伝えるから、余所へは言わないでくれということだ。

「どこぞの大親分さんにね、外に息子さんがいたの。それが今、奉行所の、定廻りの旦那になっているんですって」

　小屋内が、一寸静まる。つまりだ。

「その息子さんは、ただのお武家じゃなく、奉行所で、悪い奴を捕まえるお役目を、しているってこと。そして地回りの頭は、世間から真面目だとは言われてないのよね」

　だから。

「その話を世間に晒《さら》されたくなければ、言うことを聞けって言われたわけ。そう言えば山越が折れると、誰かが思ったのよ」

　ここで、秋ノ助を名のった若者が、山越へ顔を向けた。

「それで？　どうするんです？」

　今日は丁度、山越と近しい者達が揃っているようだと、秋ノ助は土間を見回す。

「この皆さんが、揃っておれを受け入れてくれりゃ、話は早いってもんだ。山越の親分も、おれも、この先、実の親子の振りをしないでも、済みますしね」

　盛り場の親分縁の者が、三十人以上も招かれている席であった。まさかそこで堂々と、己の悪行を認めるよう強いてくるとは、誰も、考えもしなかっただろう。脅しを受ける者は、山越一人から、いきなり三十人にもなってしまった。

しかし、それでも真ん中に、定廻りの旦那がいるとなっては、誰も、簡単には癇癪《かんしゃく》を起こすことも出来ない。お華すら黙ることになり、月草は唇を嚙《か》む。

（どうする？　この話、どうなる？）

お夏が心配げな顔を、山越へ向けている。多くが、食い入るように山越や、秋ノ助、そして定廻りの旦那を見つめた。

そして。小屋の内で、最初に口を開いたのは、山越ではなかった。

6

話し始めたのは、定廻りの旦那だ。

「秋ノ助、その脅しは、通用しない」

「おや、なんでです？」

「お主は山越親分の子が、定廻り同心になっていることを、脅しの元に使っておる。だがな」

果たしてそれは、本当のことだろうか。旦那はそう言うと、うっすらと笑ったのだ。

「もちろん、嘘じゃありませんよ。お望みなら、名を言いましょうか」

言われたら困るだろう。秋ノ助も笑い返してくる。

すると定廻りの旦那は、あっさり、思わぬことを言い切った。

「このわしは、青木直正ではないぞ」

「えっ？」

「わしは北町奉行所へ勤めているが、定廻りに、青木という男はおらぬ。もっと言えば定廻りだけでなく、臨時廻りにも隠密《おんみつ》廻りにも、おらぬな」

廻り方は北町奉行所に、十二人しかいないのだ。人数が少ないので、名や顔は江戸の町で、結構知られていた。定廻りの旦那は、町人達と縁が深かった。

「南町の方に、青木殿という三廻《さんまわ》りの同心がいるのか？　わしは知らぬが」

「いいえ、おられませんね」

そう言い切ったのは、お夏の側に居た、おじじ殿であった。

「季節には、八丁堀《はっちょうぼり》へ挨拶《あいさつ》の品を届けます。定廻りの旦那方の名は、ようく承知しておりやすんで」

青木という定廻り同心は、南北の奉行所、どちらにもいない。そう言い切る声が、小屋の内に響くと、秋ノ助の顔色が変わった。

「馬鹿な。おれは確かに聞いたんだ。青木直正は、定廻りの旦那だって」

するとここで悪一が、にたにたと笑い出した。

「おめえが山越親分を脅している元は、おれが賭場で漏らした言葉みたいだな。丁半張ってる最中の戯《ざ》れ言で、山越を脅した度胸には、恐れ入る」

悪一が、大げさなほどに息を吐いた。

「酔ってたのかね、おれの話が間違ってたみたいだ。だってなぁ、定廻りの旦那の内に、青木ってお武家は、いないんだから」

秋ノ助の素振りから、落ち着きがなくなっていった。

「それは……嘘なんだろ。山越が身内を集めて、皆でおれを騙《だま》してるんだ。ああ、そうに違いないや」

するとここでようよう、山越親分自身が口を開いた。

「なら、これから表へ行って、定廻りの旦那の名を、誰かに聞いてきな。今、話したように、旦那方の人数は少ない。全員の名を承知している奴だって、結構いると聞くぞ」

それこそ、町役人《まちやくにん》と関わりのある自身番《じしんばん》にでも行けば、中に詰めている誰かが、知っていそうだと山越が言う。そして、びしりと言葉をしめた。

「おめえは、一世一代の賭けに失敗したんだよ。もう諦めな」

秋ノ助は歯を食いしばると、小屋にいる皆を睨んだ。だが秋ノ助をそしる言葉すら、誰も口にしない。沈黙が続き、段々居心地が悪くなってきたのだろう。秋ノ助はそのまま入り口の方を向き、小屋から出て行こうとする。

だがここで、定廻りが秋ノ助を止めた。

「おっと、勝手に帰ってはならぬ。わしは山越から、お主の無謀について、相談を受けたのだからな」

　地回りの頭であれば、山越は腕の立つ手下を、数多《あまた》抱えているに違いない。その者達を使って、強引に秋ノ助を痛めつけ、手を引かせることも出来たはずだと同心は言う。

「なのに山越は真っ当に、同心へ訴えてきた。殊勝な心掛けだ。こちらも応《こた》えねばならぬ」

　よってこれから、秋ノ助を名のっている男を、取り調べると言ったのだ。

「秋ノ助、お主の本当の名も、教えてもらおう。息子の名を使われたままでは、山越も承知出来まいよ」

　ちなみに己にも本名があると、定廻りの同心は口にした。

「わしの名は、深井主水《ふかいもんど》という。うむ、やはり山越の子ではないな」

　秋ノ助は一瞬、顔を引きつらせると、逃げ出そうという素振りを見せた。

　しかし両国一帯は、小屋に集っている頭達の、庭なのだ。入り口の外は、既に手下達が囲んでいる。勝手に消え去る事を許される訳もなく、秋ノ助は立ち尽くしてしまった。

　そしてそのまま、定廻りの深井に、引っ立てられていったのだ。


　後日、秋ノ助の名は、小屋へやってきたお夏が、月草達へ伝えてくれた。

月草の小屋へ来たお夏は、洗い張りをした単衣《ひとえ》を、やっと縫《ぬ》い直した所だと言った。それで今日はゆっくりお華の話を楽しもうと、おじじ殿へ、出かける先を告げたらしい。するとおじじ殿は、お夏の外出を止めなかった。だが側にいたばあやが、お針の師匠が寄越した難題を、お夏へ渡してきたのだ。

「今度は布地の間に、薄く綿を挟んだ綿入れを縫いましょうって、師匠が言うの。あたしまだ、綿入れなんて縫ったことないのに」

お華が優しく返した。

「あの、お夏っちゃん。師匠はお夏っちゃんが縫ったことないから、綿入れを仕立ててみましょうって、言ったんだと思うわ」

お稽古《けいこ》だからと言ってみたが、お夏はお華の言葉に、納得しない。

「だって、凄く大変そう。単衣を仕立てるのだって、一苦労だったのに。綿が入るものなんて、上手く縫えないわ、きっと」

「あの、大丈夫よ。お夏っちゃんなら、きっと出来るって」

お華に励まされ、お夏は月草の小屋の奥で、籠《かご》から渋々、綿入れ用の布地を手に取った。そして、まずは糸を針へ通しつつ、お夏は、山越から聞いた話を語り出した。

「そういえば、あの偽者の秋ノ助さんの名前が、分かったんですって。権三《ごんぞう》さんだって」

「あら、渋めのお名前」

西にある筆屋の三男で、身内には、西国に縄張りを持つ地回りもいるらしい。ただ親戚の三男では、仕事を継ぐという話には、ならなかったのだ。

跡取りではないから、親の店、筆屋も継げない。権三は親戚の知り合いを頼って、江戸へやってきたようであった。

「悪一親分とは、知り合いの知り合いが、権三さんの伯父《おじ》さん、というくらいの、遠い縁があったみたい」

それで権三は、悪一の賭場にいたのだ。悪一は権三の名も知らなかったようで、名を聞いても、ただ首を傾げていたという。

事は、大きな害なく終わった。そして青木に繋がる話を、山越は荒立てたくない。よって権三は、奉行所で説教を食らった後、奉行所から、解き放たれたということであった。

ここでお夏は、針を一旦《いったん》針山へ戻して、お華の目を見つめた。

「でね、それでね。驚いたんだけど、あの権三ってお人、郷里には帰ってないんだって」

このまま江戸に、落ち着くことにしたようだという。ただ勿論、両国にはいられない。

「でね、上野《うえの》の盛り場へ行ったみたいだって。今度は騒ぎを起こさないといいけど」

権三の件は終わったのだ。しかし他にも気になることは残っていると、お夏は語った。

「直正という兄さんは、結局、どこで何をやっておいでなのかしら。どうして定廻りの旦那になってると、間違えられたのかな」

何故だか山越は、そこのところをぼかして、お夏へも話していないらしい。するとお華は、明るく笑った。

「あたし分かってると思うわ。お夏っちゃんはもう、兄さんと会ってるんじゃないかな」

「えっ？　どこで？　いつ？」

「先日の、月草の小屋での集まりで。権三さんが捕まった、あの時よ」

あの日、同心の深井は、山越の頼みを聞き入れ、秋ノ助を捕らえる為に小屋へ顔を出した。その時、深井は何故だか、奉行所の仲間を連れてきていたのだ。

「深井様がおっしゃったように、権三さんを調べにきただけなら、お仲間は必要ないわ」

連れは武家だが、三廻りの同心では、ない様子であった。では、どうして深井は連れを、同道したのか。

「あの方こそ、青木直正様だからじゃないかしら」

あの日の小屋には実父の、山越が来ることになっていた。だから深井は、同じ奉行所へ勤めていた青木に、問うたのかも知れない。

「一緒に来ますかって」

そして青木は、同道したのだ。

「同心は北町奉行所に、百人以上もいるそうだから。三廻りでないお役の同心の方が、ずっと多いのよね」

多分その中に、青木直正という名があったのだ。悪一が間違えたのは、同心と、定廻り同心という、その差であったのだろう。

お夏は、少し慌てた。

「あれ。お連れの方って、どういうお人だったかしら。どうしよう、よく覚えてない」

「その内、また会えるわ。思いの外、近くで暮らしているんだもの」

お華の言葉に、お夏が頷く。ただ。

「きっと、妹として会うことは、出来ないのよね」

今回の権三のように、欲を出す者が、また現れては困る。山越はこの後も、きっと青木の話はしないだろうと、お華が言う。

「青木直正様が、この両国に住むことはないわね」

直正はここではっきり、山越の跡取り候補からは外れたわけだ。

(山越の跡取り候補が、減っていくな)

月草が無言で考えたその時、おじじ殿が出番だと声をかけてきた。月草達はお夏に笑い掛けてから、客達の待つ舞台へと出て、明るく話し始めた。

お夏危うし

1

江戸一と言われる両国の盛り場には、山越を名のる大親分がいる。

山越は、大勢の手下を抱えているだけでなく、地主であり、多くの小屋や長屋を持つ、両国の顔役でもあった。数多《あまた》の芸人達や、それに連なる職人、商売人達の、暮らしを支えている者なのだ。

そして、〝まことの華姫〟の名で知られる、華やかな木偶《でく》人形を操っている月草も、山越の小屋で働く芸人の一人であった。

月草は口を開けずに、声音を使う事が出来る。一人二役で、相棒の姫様人形お華と話し、その芸で稼いでいるのだ。

そして、ある日のこと。

一回四半時《しはんとき》ほどの話芸を終え、人形のお華と共に表へ出たとき、月草は小屋の前で魂《たま》消《げ》た。いつもは華やかで楽しげな両国の地が、エレキテルでも仕掛けられたかのように、ぴりぴりとした気に満ちていたからだ。

「何があったっていうんだ？」

慌てて空へ目を向けたが、火事の煙は見えない。月草は、小屋の後ろ側にある担ぎ商いの置き店で、寿司《すし》屋の若い男を見つけ、訳を問うた。すると伝えられたのは、思わぬ事情であった。

「は？　山越のお夏お嬢さんが、岡《おか》っ引《ぴ》きに捕まった？」

魂消て、本当の事なのかと問うと、寿司屋が強《こわ》ばった顔で頷《うなず》く。すると、その隣の蕎《そ》麦《ば》屋も顔を出し、声を一段落としてから語り出した。

「信じられないだろ。山越のお嬢さんを捕らえるなんて、北堀《きたぼり》の親分、頭がどうかしちまったのかね」

どうやらお夏を捕らえたのは、回向院の北側、堀近くに住む岡っ引きらしい。お夏の敵方《てきがた》が、武家の同心《どうしん》ではなく、一介の岡っ引きであると知って、月草は更に呆然《ぼうぜん》とした。

「蕎麦屋さん、北堀の親分はどんな事情があって、山越と対峙《たいじ》することになったんだ？」

「そこまでは、聞いてねえな。だが山越の手下達は、今、気を立ててる。暫《しばら》く前から、盛り場を走り回ってるぜ」

月草は、お華を抱え直した。

（お夏お嬢さんは、お華の友達だ。こうと聞いたら、放っておく訳にゃいかねえ）

両国で噂《うわさ》になっているからには、今頃、父親である山越は、お夏の為、動いているに違いない。だがそれでも月草も、何かしたいと思うのだ。今度はお華が口を開いた。

「ねえ、寿司屋と蕎麦屋のお兄さん方。その北堀の親分とは、どこに行けば会えるかしら。親分の手下でもいいわ、お華は、会って事情を聞いてみたいの」

とにかく、どんなことがあったのか、どうしてまだ十三のお夏が捕まったのか、そこを摑《つか》まなければ話がはじまらない。

「さてね。わっちらは両国でも西の者で、東岸の親分とは縁がないからなぁ。華姫は、山越の小屋で働いてるんだ。山越のおじじ殿に、聞いてみるのが早いと思うがね」

「そうね。だけど今、山越のお屋敷はきっと、大騒ぎの最中でしょう」

役に立ちそうもない月草が、お華と顔を出しても、迷惑がられるだけかもしれない。お華が首を振っていると、この時、蕎麦屋が突然、一歩後ずさった。

「どうしたの？」

月草とお華が、蕎麦屋の向いた先へ目を向ける。するとそこに、いかにも岡っ引きというなりで、房のない十手《じって》を持った男がいた。手下らしい連れを二人従え、背の高い小屋の前から、月草達を見ていたのだ。

「大きな姫様人形を、抱えてるな。てことは、おめえが月草だろう」

「ええ、ここにいる、いささか頼りない兄さんが月草なの。ところで親分さん、お名前を伺ってもいいかしら」

お華が問うと、今まで月草の芸を見たことが無かったのだろう、岡っ引きは一寸、びくりと身を震わせた。それから、自分は北堀の親分と呼ばれていると名のり、月草とお華に用があるから、ちょいと顔を貸せと、顎《あご》をしゃくったのだ。

相手が、会いたいと思っていた岡っ引きだったので、月草は咄嗟《とっさ》に頷いた。しかし。

「あの、おれは、そこにある小屋で、話芸を見せてるんです。あと四半時もしたら、次の回を始めなきゃならねえ。それまでに、小屋へ戻れますか？」

芸人として月草は、怠《なま》ける訳にはいかないのだ。しかし岡っ引きは、無理だと言い切ってきた。

「これからおめえには、東岸にある自身番《じしんばん》へ来てもらうんだ。同心《どうしん》の旦那《だんな》がお呼びだ。そんなに早く、帰れる訳がなかろうが」

「同心の旦那にも、会うんですか？」

つまり月草がいきなり、こうして引っ張られるのは、岡っ引きの酔狂《すいきょう》ではないのだ。

「あの、もしかして、お夏お嬢さんが捕まったって件と、関わりがあるんですか？」

「そいつをこの後、調べていくんだよ。ごたごた言ってねえで、さっさと来いっ」

岡っ引きが大声を出すと、蕎麦屋と寿司屋は、顔を強ばらせたまま立ちすくむ。誰も月草の、味方にはなってくれなかった。

そして手下達はまず、月草ではなく、お華の着物を摑んできた。おかげで月草は、一気に動きが取れなくなってしまった。

仕方なく腹を決め、山越へ知らせを入れたら、付いていくと言ったのに、手下達はそれを許さない。男らに両側からお華を引っ張られ、月草は相棒を抱えて叫んだ。

「止めてくれっ、お華が壊れちまうっ。お華を放せっ」

するど、その時。

「あ、あれ……」

驚いた事に、遠慮の無かった手下達が、嘘《うそ》のように手を引いたのだ。

ほっとしてよく見ると、どちらも後ろから羽交い締めにされ、動きが取れなくなっていた。更に岡っ引きへ目を向ければ、こちらも大勢の男達に囲まれて、高飛車な様子が消えている。

男達の真ん中に、よく知った顔がいた。

「おじじ殿。助かりました」

「月草よう、おめえ、何やってるんだ」

聞きたいことがあると迎えに来てみれば、この騒ぎだと、何時《いつ》にない険しい顔が見つめてくる。月草は、今、お夏が捕らえられたと噂を聞いたところで、北堀の親分を捜そうとしていたと、正直に口にした。

するとおじじ殿が、溜息《ためいき》を漏《も》らす。

「ああ、おめえはやっぱり、何も知らねえようだ。月草だもんなぁ、そんなところだよな」

「おじじ殿？」

「山越の親分が、月草から話を聞きたいそうだ。それで小屋へ迎えに来たんだ。ついでに、捜していた北堀の岡っ引きを、捕まえられて良かった」

こちらも、山越の屋敷へ連れて行くとおじじ殿が言うと、北堀の親分が、顔を引きつらせている。ここでお華が顔を上げ、おじじ殿へ手を振った。

「じゃあ、皆で山越の屋敷へ行くのね。捕まったって聞いたお夏っちゃんも、今、お屋敷にいるの？」

「ああ。うちのお嬢さんを、自身番になど置いておけるはずは、ねえからな」

「おいっ、勝手をして」

途端、北堀の親分が気色《けしき》ばんだが、おじじ殿は岡っ引きを、怖い笑みで黙らせた。

「心配しねえでいいさ。うちの親分は、お嬢さんを引き取るのと一緒に、関わった同心の旦那にも、山越の屋敷へおいで頂いたから。それなら文句はあるめえよ」

「…………」

呆然として声もない親分の向かいで、月草は事情を察し、思わず息を吐いた。

江戸にある南北の奉行所には、合わせて三百人近い同心と、他に与力《よりき》達がいる。だがその中で、江戸の市中取り締まりを行う三廻《さんまわ》りの同心は、南北十二名ずつ、合わせて二十四名ほどしかいないのだ。

勿論《もちろん》、同心達は小者《こもの》などを従えているから、人数は増える。だがそれでも、両国に手下を山ほど抱えている山越と、正面からぶつかることは避けたいに違いない。

（つまり話を伺うって形にして、山越の親分は、同心の旦那を、屋敷へ呼びつけたんだ

な)

勿論、大事な娘の為だ。

「お夏っちゃんが、捕まっちゃったんだものね。親分さん、そりゃ怒ってるわ」

だが、山越と同心が関わる話を、道端でする訳にもいかない。月草はお華を連れ、大人しくおじじ殿に従い、屋敷へ向かった。

手下が一人、後を頼まれ、月草の働いている小屋へ走って行った。

2

山越は屋敷内で、仁王のような顔つきになっていた。

主《あるじ》の周りには、お夏やおじじ殿、山越の主立った手下達がおり、その横に月草がお華を抱え、大人しく座った。

一方、山越の向かいには、若い同心の黒内《くろうち》が、渋い顔で腕を組んでいる。隣に北堀の親分が、こちらは身を小さくして、手下二人と控えていた。

山越の声が、部屋に響く。

「黒内の旦那よぅ。あんた、頭がどうかなっちまったのかい」

およそ武家に対するものとは思えない言葉を聞き、月草はそろりと同心を見た。黒内は町方同心だから、平素、そんな言葉をかけられることなど、ないに違いない。

だが、山越の不機嫌が余りに凄《すご》いからか、若い同心は言い返さずにいる。山越は、たたみかけるように話を続けた。

「あのな、月初めから、正五郎が行方知れずだってことは、おれも聞いてる。心配もしてた。あいつは、義理の息子になる筈《はず》だった男だからな」

しかしだ。

「正五郎は一人前の年で、六尺近い大男だぞ。一々心配する相手じゃなかろうに」

どうしても心配なら、吉原《よしわら》か、あちこちにある岡場所《おかばしょ》でも捜せばいいと、山越は思っていたのだ。

なのに気が付けば、行方知れずになったと、同心が正五郎を捜し始めた。その上だ。

「事もあろうに、うちのお夏が正五郎を攫《さら》ったと、本気で言い出したんだ。あげく、まだ十三の娘を、自身番へ連れていきやがった」

山越の声に、怒りが滲《にじ》む。

「何で、誰が、どういう了見で、この山越へ喧嘩《けんか》を売ってきたのかね。同心の旦那、こうして逃げずに向き合ってるんだ。きっちり訳を、話してもらおうか」

すると黒内は顰《しか》め面を浮かべ、息を吐き出した。そして、よみうりに話してはならぬと念を押してから、語り始める。

「実は、正五郎が行方知れずになったと、騒いだお人がいたのだ。それで、我らが駆り出された」

その御仁《ごじん》は正五郎の妹で、何と一旦《いったん》養女に行き、武家へ嫁いでいた。器量よしで、既に跡取りの息子を産んでいるらしい。

「そのお人が嫁いだ相手だが、町奉行所の、与力の知り合いだったのだ」

定廻《じょうまわ》り同心達は、その与力から頭を下げられ、正五郎を捜すことになったのだ。黒内が溜息を漏らした。

「我ら町奉行所の同心達は、大概、与力の指図の下、お役を務めておる。ただな」

町人達に馴染《なじ》みの定廻りなど、三廻りだけは、同心のみで務めるお役であった。

「それで我ら同心は却《かえ》って、他役の与力からの頼みを、断りづらかったのだ。馴染みの上役であれば、それこそ正五郎は、岡場所に居るのではと、本音が言えたかもしれぬが」

仕方なく、黒内は正五郎を捜した。同心達は、直ぐに見つけられるものと、最初は軽く考えていたという。

ところが。

「不思議な程、見つからなかった」

吉原には居なかった。岡場所にも居ない。旅に出る為の、往来手形の手配もしていない。定廻りの同心が、各町の自身番を回った時、調べているのに、正五郎の噂は見事なほど耳に入ってこなかったのだ。

困って、小者や中間《ちゅうげん》まで巻き込んだが、それでもなかなか行方が摑めない。

「だが、ここにいる岡っ引きの北堀が、正五郎を見たという話を、ようよう摑んで来た」

それによると正五郎は、十日ほど前、両国橋に程近い神田川《かんだ》で、舟に乗っていたという。そして。

「ちょいと変わった者達が、共に、舟の内にいたらしい。それで正五郎のことを、何人かが覚えていたのだ」

その舟には船頭と正五郎の他に、子供のようにも見える若いおなごが、二人乗っていたという。しかも双方身なりが良く、片方はまるで姫君のような、華やかな出《い》で立ちであったらしい。

「えっ、姫君？」

お華が思わず声を出すと、皆の目が、華やかな姫様人形の出で立ちに注がれた。その後、お夏が着ている、花柄が散った振り袖《そで》へ、顔が向けられる。

ここで皆は、なぜ黒内がお夏を自身番へ呼んだのか、訳を承知した。黒内が山越を見る。

「例えば大店《おおだな》の娘ならば、お夏殿のような、立派な振り袖を着ることはあるだろう。だがな、姫様に見える姿の者は、そうはおらぬ」

考えられる者は三通りしかないと、黒内は理詰めで話してきた。

「一に考えられるのは、本物の姫君だな。だが姫が供も連れず、町人の男と舟に乗るなど、考えられぬ」

二つ目に思いついたのは、吉原にいる禿《かむろ》だ。

「花魁《おいらん》に付き従ってる若い禿なら、それは華やかななりだから、姫のように見えたかも知れぬ。だがな、そもそも禿は、いずれ遊女になる者として、吉原の内にいるものだ」

大門の外へ勝手に出るなど、考えられないではないか。つまり舟にいたのが禿だという考えも、正しくない。

「三つ目として、わしは華姫を考えた。〝まことの華姫〟として、昨今、両国の小屋で名を揚げている姫だな」

この姫であれば、華やかななりで、神田川辺りに居てもおかしくない。しかも華姫には、立派な身なりをしている、仲の良い娘がいるのだ。

「しかもその娘御は、正五郎と縁がある。娘の亡き姉が、正五郎の元許嫁《いいなずけ》だったのだ」

ならば、正五郎を舟へ誘うのも簡単だろう。黒内は、居なくなった正五郎の行方を捜す為、誰から話を聞くか決めたのだ。

ここで黒内が、性懲《しょうこ》りもなく、お夏へ声を掛けた。

「お夏殿、どうして正五郎を誘い出したのか、話してはくれぬか。今、あの男がどこに居るのか、それも分かるとありがたい」

そう言った途端、山越が目の前にあった茶碗《ちゃわん》を、黒内へ投げつけた。同心は、腕は確かなようで、茶碗を手で軽く上へ弾《はじ》くと、じき、落ちてきたのを摑んで畳へ置いた。その様子を、山越が総身から怒りを放ちつつ、睨《にら》み付けている。

「おめえ、まだうちの娘を疑っているのか。お夏が一体何の用で、正五郎を呼び出さなきゃならねえんだ？」

「だからそれを、今、問うているのだ」

引かぬ構えの二人が睨み合う。するとそこに、お夏の戸惑うような声が聞こえた。

「あのぉ、おとっつぁん、正五郎さんて、だぁれ？」

「えっ？」

山越、黒内、それに手下達が声を失って、お夏を見つめる。ここでおじじ殿が、落ち着いた声でお夏へ話した。

「お嬢さん、今、黒内の旦那が、おっしゃったでしょう。亡くなったおそのさんの、許嫁だったお人ですよ。何度も会っておいでです」

「ああ、義兄《にい》さんになるはずだったお人」

お夏は頷いた。ただ。

「今まで、皆は正《しょう》さんとばかり言ってたわ。正五郎って名は、初めて聞いたんだもの」

お夏は名を、承知していなかったのだ。

「それでね、同心の旦那。あたし、お華や正五郎さんと一緒に、神田で舟に乗ってないわ」

お夏はおそのの元許嫁と、親しくはないのだ。

「お華も、そうよね？」

お夏が目を向けてきたので、お華は月草の傍《かたわ》らで大きく頷いた。次に黒内へ顔を向ける。

「旦那、初めまして、お華です。姫と聞いて、〝まことの華姫〟を思い出して下さるなんて、おかたじけ」

お華は愛らしく、しなを作って言った。

「ほお、これが華姫の声なのか。話芸のものとは思えぬな」

「あのね、旦那。もう一度確かめておきたいんだけど、舟には正五郎さんと船頭、それに二人の若い娘っこが乗ってたのよね？　それで間違いないわね？」

「そうだ」

すると、お華がすっと下へ顔を向け、溜息を漏らした。

「旦那、つまり舟の内には、四人しか居なかったことになるわ。なら、正五郎さんと舟に居たのは、このお華じゃない」

何故なら、お華は木偶人形なのだ。お華は深く頷いた。

「月草が一緒にいなきゃ、あたし、動けないもの」

途端、座にいた皆が、夢から覚めたような顔で声を上げる。

「おおっ」

「あ、そうか。親分、そうですよ」

「お華、それはそうよね」

だが黒内はお夏の声を聞いても、一人引かなかった。

「月草はおらずとも、お夏殿がいれば、動けるだろうが」

だがお華は、きっぱり首を横に振った。

「あたしは、遠目に人と間違えられるほど、大きな人形なんだもの。男の月草が一人で動かすのだって、結構大変なのよ」

文楽《ぶんらく》であったら、男が三人で扱うような大きさなのだ。

「お夏っちゃん一人じゃ、膝《ひざ》に抱えることは出来ても、人のように動かすことは出来ないわ」

ということは。

「正五郎さんと舟にいたのは、あたしじゃない。つまりお華のお友達、お夏っちゃんも、舟にはいなかったってことよ」

お華の言葉に、部屋内の者達が深く頷き、黒内が天井を向く。つまり……騒ぎに、決着がついたのだ。

じき、同心がうめくような声と共に、山越へ頭を下げた。

「山越の親分、娘御に、申し訳ないことをしたようだ。この通り謝る」

すると、山越が唸《うな》りつつ頷いた。両者、不服を抱えた様子ながらも、幕引きを承知し

きた。
それで。山越は残ってしまった不満を、他へぶつけることにしたようで、月草を見て
山越も謝る同心に、それ以上は、不満を向けられないでいるのだ。
たのだ。黒内は、まだ納得していない様子だが、山越と正面から揉《も》める訳にはいかない。

「月草、おめえ、今回もなかなか、良いあんじをしてくれたじゃねえか」
親分の口をついたのは褒《ほ》め言葉だが、どう考えても、目が笑っていなかった。
「ならばだ。自分の身の潔白だけを、考えるんじゃいけねえな。ついでに黒内の旦那に、
力をお貸ししろ」
「へっ？」
「旦那はまだ、正五郎の行方も、舟にいたおなごが誰かも、摑んじゃいねえようだ。月
草の力が必要だろう」
月草には、まことを知ると言われている相棒、華姫がいるのだ。きっと町奉行所より
も先に、正五郎の行方を摑める筈だと、山越は言い出した。
すると黒内が、素人の助力など要らぬと返したものだから、山越がにたっと笑う。そ
して、ならば月草には勝手に、正五郎を捜させると続けた。
「正五郎は、身内になる筈だった男だ。おれが捜しても、おかしくはねえでしょう」
ただ。ここで山越は、黒内へ堂々と喧嘩を売った。
「もし、月草が先に正五郎を捜し出したら、奉行所の方々は怒るでしょうかねぇ。顔が

立たないですからね」

　だが今、同心らが、正五郎を捜せないでいるのは確かなのだ。おかげでお夏が、自身番へ行く羽目になった。

「仕方ねえ話ですよね？」

　山越が笑って言ったものだから、黒内は目を半眼《はんがん》にした。そして月草の方を見てくる。

「〝まことの華姫〟が、本当に真実を知ることが出来るのか、否か。この騒動で分かる訳だな」

　もちろん、早々に華姫が正五郎を捜し出せば、よみうりが出る程、褒め称《たた》えられるだろう。だが。

「我ら同心が、先にあの男を見つけたら、華姫の面目《めんぼく》、丸潰れだな。小屋へ来る客が、ごそりと減るやも知れぬぞ」

　山越が口を歪《ゆが》め、黒内を見据える。

「つまり正五郎捜しは、この山越と同心の旦那方の、勝負になったって事ですかい。おお、承知した。負けやせんぜ」

「えっ」

　気が付けば月草とお華は、町奉行所の同心達と、正五郎捜しを競うことになっていた。月草は顔を引きつらせ、思わず大声を出してしまった。

「山越の親分、ちょっと待っておくんなさい。調べ事なんて無理ですよ。お華の声音を出してるのは、この月草なんですよ！」

　それに月草は毎日、小屋で働かねばならないのだ。売り上げの分け前で、暮らしているのだから。

「どうしておれが、同心の旦那と、競えると思ったんですか」

　困り切った顔で問うても、引っ込む気のない山越は、そっぽを向いたままだ。屋敷に来ていた他の者も、親分に気遣ってか、誰も返事をしてくれない。

「黒内の旦那、山越の親分を止めてくださいまし。あの、その、何で旦那まで、明後日《あさって》の方を向いているんですかっ」

　お華が首を傾《かし》げ、月草はじき、両の肩を落としてしまう。その内月草は溜息と共に、畳を見つめることになった。

3

　月草は、山越の命を受け、大いに困ってしまった。

　小屋で話芸を披露しつつ、正五郎を捜し出すなど、出来るとも思えない。しかも同心相手に、その勝負で、勝たなくてはならないのだ。

とにかく朝方の話芸を終えた後、合間に小屋近くの井戸端で、人捜しへ行けるか考えてみた。だが、短い間で行ける場所は、せいぜい両国の近所しかなかろう。

「正五郎さんが、この近くにいるんなら、とっくに見つかってるよなぁ」

側にお華を置いてぼやいていると、小屋から出てきたおじじ殿が近づいて来た。そして団子をくれた後、月草を慰《なぐさ》めてきたのだ。

「親分からの頼まれ事があるのに、小屋を休めなくて、済まねえな。だがなぁ、この小屋を頼りにしてる者は、おめえが思ってるより、存外多いんだよ」

小屋で働いている若い者達は、勿論ここが頼りだ。だがそれ以外にも、小屋へ品物を納めている店の事も、考えねばならない。更に、最近月草の小屋の周りには、蕎麦や団子、ところてんに寿司などの、屋台見世《みせ》が集まって来ているのだ。

「月草の出し物は、一回が短《みじ》けえから、客の入れ替わりが多い。でな、この小屋の周りじゃ、食いもんが良く売れるんだよ」

小屋が休みになると、顔が引きつる者達が、出るわけだ。両国を預かる山越としては、娘お夏のお気に入り、お華へ優しいことを言いたいところだろうが……そうはいかないというわけだ。

月草は、頷くしかなかった。

「おれが正五郎さんのことを捜せなきゃ、同心の旦那方が勝負に勝って、親分が恥をかく。親分だって、そいつは大いに、いや本当に嫌でしょう」

それでも、この両国を預かる親分、山越には、やらなければならないことがある気がした。

（親分てぇ立場も、大変だ）

もし山越がお夏かわいさに、月草に小屋を休ませたら、自分は助かっただろう。だが、ちょいとがっかりしたかも知れないと、月草は勝手なことを考えた。

すると。

ここで馴染みの客が、月草へ寄ってきた。

（確か、そう、祥吉《しょうきち》さんだっけ。お華追いの一人だったかな）

お華を抱え、声を掛けた。

「今日もお華に、会いに来てくれたのか。嬉《うれ》しいね。つい今、終わったばかりだから、次回まで少し、間があるが」

すると祥吉は頷き、承知していると言った。いや祥吉達お華追いは、月草に話があって、話芸が終わるのを待っていたというのだ。

「おや、おれに、何の用かな？」

「月草、実はおれ、山越の屋敷で働いてるんだ。で、親分と同心の旦那が勝負する話、お嬢さんから聞いちまった」

お夏は今、月草……というか、その相棒お華のことを、大層心配しているのだ。

「芸の合間に、大きな華姫を抱えて人捜しをするのは、大変だろ。お嬢さんは、山越の屋敷で華姫を預かると言ってるよ」

だが、一々お屋敷まで行くのとて、手間ではあった。月草の小屋は、屋敷と少し離れているのだ。それで。

気が付くと井戸端には、祥吉以外にも、見慣れたお華追い達が、随分集まって来ていた。

「お嬢さんは、おれ達お華追いに、正五郎さん捜しを手助けして欲しいって頼んだんだ。おれは……華姫の為になることが出来たら、嬉しい」

祥吉は期待に満ちた目を、お華へ向けていた。

「もちろん、こっちも、仕事の合間にやるってことになるが」

だが、正五郎を捜す人数は多くなる。住んでいる場所も違うから、それぞれが近所を回るだけでも、ぐっと広い場所を捜す事が出来るに違いなかった。

月草は思わず、お華と共に立ち上がった。お華追い祥吉へは、勿論お華が話しかける。

「それは助かるわぁ。本当に、ありがたいと思うの。でも、いいの？」

手伝ってもらっても月草には、お華追いの皆へ、手当を渡し続ける事など出来ない。

心配声でお華が問うと、祥吉達が笑い出した。

「おれ達はお華追いなんだ。〝まことの華姫〟と話せることが、一番の褒美《ほうび》なのさ」

それに実は、お夏が手助けをしてくれていると、祥吉は言い出した。お夏は、山越からもらった小遣いの余りを、竹筒に貯めていたらしい。それを今回、助っ人《と》になるお華追い達へ、茶代として使ってくれと、渡してきたというのだ。

「まあ、お夏っちゃんたら、そんな凄いこともしたの！」

月草は思わず頭を下げると、大して入ってはいないがと、自分の財布を取り出し、足代の足しにと差し出した。皆、大概は歩くものだが、舟に乗れれば、行ける場所はぐっと広がるのだ。

ところが。

祥吉の財布へ、中身の銭を移していると、何か嫌な笑い声が、聞こえて来たのだ。

「ああ、素人が、他の素人へ、人捜しを頼んでるぞ。しかもそれで、おれ達に勝つ気でいるんだから」

「あら」

目を向けると、どこかで見た顔が、十手を握っている。月草よりも早く、横にいたおじじ殿が気が付いた。

「こりゃ、北堀の親分さんじゃねえですか。先日、山越の屋敷でお会いして以来ですね」

また、山越の者に、羽交い締めにされに来たのかと、おじじ殿が遠慮無く言う。

「この両国が縄張りだとは、聞いてませんが。今日は何の御用で？」

「いやね、岡っ引き仲間が、黒内の旦那を助けることになったんだ。で、競う相手の、変わりもんの芸人の顔を、仲間へ見せにきたのさ」

しかし素人が相手では、競いがいがないと、岡っ引き達が笑っている。

するとこの言葉に、お華追い達の眉《まゆ》がつり上がった。彼らの中には、日中から動ける職人達が多い。火消しとして火事場で命を懸けている者や、盛り場で喧嘩に慣れている者もいたから、一気に諸肌脱《もろはだぬぎ》となると、彫物《ほりもの》を見せつけ、岡っ引き達へ凄んだ。

「同心の使いっ走りに怯《ひる》んでたんじゃ、背中の彫物が泣かぁ。親分さん達よう、人捜しは元々、おめえらの仕事じゃねえのかい」

なのに男一人、なかなか見つけられずにいるから、山越へとばっちりが来たのだ。

「月草は、芸を見せて金を稼いでる、芸人なんだ。それが、おめえ達の間抜けの、後始末をしてくれるって言うんだぞ」

それなのに頭を下げず、代わりに月草へ威張《いば》り散らしてくるとは、とんだ間抜けだ。祥吉からそう言われ、岡っ引き達の顔が、夕焼け時の瓦《かわら》のような色になった。

「てめえら、岡っ引きの真似ごとをするってんで、まずは威張る気かい。馬鹿をすんじゃねえぞ」

親分が吠《ほ》えると、お華追い達が笑い返す。

「おや、親分。おめえらの振る舞いを真似ると、まずは、威張ることになるのかい」

お華追い達は、月草の小屋の前に居る岡っ引き達へ、威張るより仕事をしろと言い笑った。すると、北堀がまず切れた。

「てめえらっ、岡っ引きをなめるんじゃねえぞ。おれ達は同心の旦那の為に、毎日働いてるんだっ」

祥吉が口を歪める。

「その旦那からは、ろくに銭をもらえねえんだよな。だから、かみさんを働かせるか、人を脅《おど》して、金を巻き上げるかになっちまう。苦労が多いこった」

「黙んなっ」

北堀が拳固《げんこ》で殴りかかり、祥吉が腕で受け止めた途端、双方の味方が喧嘩の構えに入る。おじじ殿が、ここで小屋へ向かい、お華が必死に、止めに入った。

「わあっ、止めてっ。こんな場所で騒ぎを起こしちゃ駄目。また小屋を壊したら、山越の親分が怒るわっ」

普段はこの言葉で、喧嘩など嘘のように、静まるものであった。

ところが今日は、お華の言葉が、岡っ引き達に火を付けてしまった。一旦お華追い達から引いて、間を空けると、岡っ引き達は一斉に、月草の小屋へと目を向けた。

「おい、あの小屋が壊れたら、山越が怒るんだってよ」

「みたいだなぁ。なら、壊してみたいじゃねえか。それに小屋が無くなりゃ、月草はここで働いてねえで、正五郎さん捜しが出来るぞ。助かるだろう」

「えっ？　どうしてそうなるの？」

お華と月草は立ちすくんでしまった。岡っ引きらが、にたりと笑い出す。

そして。

北堀の親分達は、どっと月草の小屋へと向かったのだ。月草側に居たお華追い達は、出遅れ、小屋へなだれ込むのを許してしまう。

だがその時、小屋内から男達が現れ、岡っ引きの前を塞《ふさ》いだ。見れば、いつの間に駆けつけてきたのか、おじじ殿が山越の手下達を、引きつれていた。

「人の小屋を壊しにかかるとは、おめえら、本当に岡っ引きか？　捕まえて、同心の前に引き据え、首を確かめてもらわねえとな」

そうすれば、黒内同心は大恥をかくから、面白かろうと手下の一人が言う。

「ふんっ、捕まえられるもんなら、やってみやがれ」

「あの、止めて止めて。喧嘩して小屋が壊れたら、あたし、明日《あした》から働けないわ」

だがおじじ殿までが、手下達を止めない。本気で腹を立てているらしく、こういうとき、おじじ殿はけしかける方へ回るのだ。

「月草、お華を守ってろ。それ以外は、手を出すな」

おじじ殿のその言葉が、戦の口火を切った。岡っ引き、手下達、それにお華追い達までが、一気に小屋へと突き進む。

月草には、少しでも騒ぎが軽く済むよう、祈ることしか出来なかった。

4

岡っ引きとお華追い、それに山越の手下達を交えた戦いは、月草の小屋を覆う薦《こも》を引きはがし、中にあった床几《しょうぎ》を壊した上、蠟燭《ろうそく》も折ってしまった。ついでに、結構な数の怪我人さえ出たのだ。

するとと案の定、月草はお華追い、手下達と共に、山越の屋敷へ呼び出され、親分の前へ引き据えられた。

今回は、おじじ殿までが怪我をしたが、山越は珍しくも自業自得だと言い切った。しかし、きつい口調ではなかった。

「おじじ、いつまでも若い気で、阿呆《あほう》してんじゃねえよ。ほんと、変わらねえな」

だが。騒ぎを見ていただけの月草には、何故だか、怖い顔を見せてきたのだ。

「おめえの小屋は、何でこんなにちょくちょく、壊れるんだ！　直すのに金が掛かって、しかたねえじゃねえか」

「親分、あたしが壊した訳じゃないのよ。訳は岡っ引きの親分さん達に、聞いてくださいな」

「お華、そいつらの話は今、黒内同心が聞いてるところだろうよ。はん、岡っ引きを引き渡すとき、黒内は恥をかいたと言って、北堀達を睨んでた。いい気味だ」

そして今回の件が収まっても、正五郎捜しの勝負は、止まったりしなかった。それどころか、一層真剣な戦いになってしまったようで、山越が月草を見据えてくる。

「同心らは、正五郎をさっさと見つけて、憂《う》さ晴らしの言葉を、こっちへ言いたいらしい。だがおれは、腹立つ言葉を言われたかぁねえ」

だから。

「小屋を元に戻すまで、五、六日はかかるそうだ。月草、その間に正五郎を見つけろ」

山越は勝手なことを言ってきた。

「手が足りなきゃ、暴れたお華追い達を、使えばいい。迷惑を掛けてくれたんだ。それくらいは、してもらわなきゃな」

「親分さん、今日は怖いわ」

お華が月草の腕の中で、溜息を漏らしたが、今日の親分は返事もしない。するとそこへお夏が現れ、山越の傍らへ座ると、親の袖の内からするする、財布を引き出し始めた。

「お夏、何してるんだ？　小遣いは渡してあるだろうが」

「おとっつぁん、お華追い達を大勢使うんでしょ。船賃がないと、皆、動けないわ」

お夏は山越の顔を見ながら、一朱や一分などを、財布から拾っていく。幾つか拾った所で、山越が首を横に振ったので、お夏は手を止め、金を月草へ渡してきた。

「月草、お華も、正五郎さん捜しに連れて行くの？　あたしが預かっていてもいいのよ。お華追い達から聞いてない？」

「相棒がいると、座を和ますことが出来たりしますんで。一緒に行きます」

　頷いた山越が、冷たいことを言ってくる。

「月草だけじゃ、役に立たん。お華と一緒に行け。お華にいてもらわなきゃ、こいつは稼ぐことも出来ねえんだぞ」

「はは、その通りです」

　笑ってさらりと頷き、では正五郎を捜しに行くと、月草は早々に、山越の屋敷から離れた。長居して、また雷が落とされては、たまらないからだ。

　すると背後でおじじ殿が、訳の分からないことを言っているのが、耳に届いてくる。

「月草は、殴り合いには使えません。ですが、ああいう強さは、持ってますね」

　おじじ殿によると、それは、勝手な言葉をぶつけられても、風を受けたススキの穂のように受け流し、己がぶれない力らしい。

（それって強さなのか？　しかもおれに、そんなものあったっけ？）

　驚いたが、おじじ殿がそう思ってくれているのは嬉しい。どんなものであっても、己が持っていると思えるのが嬉しくて、月草は軽い足取りで、両国の賑わいへ向かった。

月草は翌朝から、お華や、お華追い達と組んで、正五郎捜しに動いた。月草はおじじ殿に言われて、お華の他に、山越の手下だった祥吉も連れて動く事になった。祥吉は山越の者であったから、他のお華追い達よりもがっつりと、親分から叱られたらしい。

つまり月草の調べを手伝い、同心黒内に先を越されたら、月草と一緒に、拳固を食らう立場に立たされたのだ。

だが祥吉は、両国橋の船着き場で月草と落ち合った時、連れのお華へ目を向け、それは嬉しげな顔をした。

「ああ、おめえさん、お華追いだもんな」

「へへ、実はこのお役目、すんごく嬉しいんだ。仲間のお華追い達から、羨《うらや》ましがられちまった」

そして祥吉は河畔で、月草へ、正五郎捜しの件で、伝えたいことがあると言い出した。月草の小屋を壊してしまい、お華へ迷惑をかけたので、その間抜けの償いをしようと、お華追い達は騒ぎの後、駆け回っていたのだ。

「おれ達お華追いは、まずは舟で正五郎さんと共にいた女が何者なのか、突き止めることにしたんだ」

お華へ、迷惑をかけたおなごに、お華追い達は、腹を立てているのだ。

「どうやったの？」

「華姫、黒内同心が言ってたそうだけど、姫様姿のおなごは、華姫か、禿か、本物のお姫様の、どれかだって。華姫じゃないことは確かだから、後は二つに一つだ」

その件で、行きたいところがある。話は道々するというので、月草はお華と三人で、両国の船着き場から舟に乗った。他のお華追いの中にも、舟を使う者の姿があり、お華は船縁《ふなべり》から手を振る。

その後、隅田川を遡《さかのぼ》りつつ、祥吉が話の続きを語り出した。

「姫様姿のおなごの事では、おれも意外なことを聞いた。禿よりお姫様の方が、正五郎といいたか、いなかったか、事を、はっきりさせやすかったんだって」

「あら、そうなの？」

お華が驚きの声を上げると、祥吉が頷く。町人でも、知り合いや、その知り合いなどに、武家奉公をしたおなごが、結構いるというのだ。

「あ、武家奉公。娘御が行儀《ぎょうぎ》見習いの為に、お武家へ奉公に行くっていう、あれね。お嫁入り前の箔付《はくづ》けだわ」

「そういうおなご達は、奉公先で、お姫様の姿を見てるんだよ。だけどね」

お華追い達が聞いた話によると、そこそこの旗本《はたもと》の姫などでは、遠目で分かるほど華やかで、きらびやかななりは、していないという。

「もちろん、大きな大名のお姫様は、身なりも違って、華やかなんだろうね。でもさ、そんなご立派な家のお姫様が、神田川で正五郎さんと、舟に乗る訳がないもんな」

しかも、舟に居た姫様姿のおなごは、侍の供を連れていなかったのだ。

「どう考えても、おかしい。お華追いには、手習い所の先生や、お医者もいるけど、皆、お大名のお姫様は、供なしじゃ出歩かないって言ってた」

つまり神田川の姫は、本物ではなかったのだ。そして、お華でもないとなると。

「残ったのは、吉原の禿だ」

ただ、吉原の内から出られない筈の禿が、堂々と神田川に居たというのも、おかしな話ではある。それで黒内同心は、華姫を疑ってきたのだ。

ここでお華が、大きく頷いた。

「つまりあたし達は、これから吉原へ行くのね。そこで禿が、表へ出ることがあるかどうか、調べてみるわけだ」

確かに、物知り顔で吉原のことを語る者より、いっそ吉原の遊女屋《ゆうじょや》の主、楼主《ろうしゅ》にでも問えば、事がはっきりするに違いない。

しかしだ。お華は舟の内で、首を傾げた。

「二人は、遊女屋へ上がるお金、持ってるの？　船賃もお夏っちゃんにもらうくらいでしょう？　懐は厳しいと思うんだけど」

少なくとも月草には無いと、お華は言い切る。先にお華追い達へ財布を渡したばかりで、最近のお菜は納豆と大根と、漬け物ばかりという具合なのだ。

お華達が祥吉へ目を向けると、若い手下祥吉も、きっぱりと首を横に振った。

「吉原の妓楼《ぎろう》へ上がる金なんて、おれにもないよ。仲間の手下達だって、奮発しても、深川仲町《ふかがわなかちょう》の岡場所で、ちょんの間遊ぶだけだ」

「まあ、そんな所だろうな」

月草が思わず己の声で言うと、祥吉が頷いている。だがそれでも、正五郎へたどり着く方法を、他に思いつかない。つまり吉原へ行かないという道は、選べなかった。

三人は舟で、山谷堀《さんやぼり》まで遡っていった。

5

山谷堀で舟を下りると、隅田川を遡ってきた何艘《そう》かが、後から船着き場へ入ってくる。月草に抱えられたお華は、そこにお華追い達の姿を見つけ、手を振ってから、日本堤《にほんづつみ》を吉原へ向けて歩きだした。

「おや、道の端に、葦簀《よしず》張りの水茶屋が、ずらりと並んでるんだね」

祥吉が、物珍しげに目を向けた。茶屋へ入った男達は、丸提灯《ぢょうちん》を手にした店の男と連れ立ち、堤を吉原の方へ向かっていく。

帰り道なのか、手に華やかな錦絵《にしきえ》を持っている者とすれ違った時は、お華の顔が、吸い寄せられるようにそちらへ向いた。土産なのか、男達は色々、手にしていたからだ。

そして、三つに曲がった五十間道《ごじっけんみち》が見えてくると、近くを歩いている男から、そろそろ吉原が近いと話し声が聞こえてきた。すると月草が、祥吉へ目を向ける。

「吉原の中で、どうやって禿の話を聞いたらいいものか。おれ達の有り金をかき集めて、祥吉さんだけでも、登楼出来ないもんかね」

そうすれば、遊女から話が聞けるかもしれないと、月草が言う。

「おれは、お華を連れてるから無理だ。うっかり客になって、遊女や禿に、お華へ手を出されるのは嫌なんだよ」

するとだ。てっきり喜ぶかと思ったのに、祥吉はお華の横で、そっぽを向いている。

「どうしたの?」

「華姫のいるところで、遊女屋の話をするのは、気が進まねえ。おれは、お華追いなんだから」

多分祥吉は、自分が岡場所を知らないとは言わないだろう。だが結構気合いを入れて、お華追いをやっているようでもあった。

「おなごと向き合ってる時は、そいつ一人と、生真面目に向き合いたいじゃねえか。たとえ他の場所じゃ、よそ見をしてもだ」

その若い言葉が不思議な程、恰好《かっこう》良く聞こえて、月草が、いい男だと褒める。それは、山越のような大人の男が、人を引きつけるのとは、又違った魅力であった。

「おめえさん、おなごに好かれるだろ」

祥吉は顔を赤くしたが、そうは問屋が卸さないもんだと笑った。

「それにさ、月草。気恥ずかしいほどおなごに惚《ほ》れ込む男は、結構いるだろ。これから行く吉原じゃ、五、六百両払って、遊女を身請《みう》けする男がいるそうだから」

「そうね。花魁の身請けには、千両掛かるって聞くわ」

そして月草達には、今、一両のお金も無いのだ。三人は歩きつつ顔を顰める。

「さて、どうしよう」

このときまた、二人ばかりの男と、堤ですれ違った。その手元を見たお華の目が煌《きら》めき、ぽんと手を打つ。

「あのね、あたしね、一つ思いついたことがあるの」

吉原で、登楼しない者でも気楽に行けて、話も出来そうな場所が思い浮かんだと、お華は口にしたのだ。その声が明るかった。

「お店よ。さっきすれ違った人が、手に手に、錦絵を持ってたわ。花魁の絵みたいだった。きっと大門の中で買ったのよ」

遊女屋の他にも、吉原には普通の店が一通り揃《そろ》っているはずであった。吉原は、大きな一つの町なのだ。大門の中で生まれ、暮らし、食べて飲んで、やがて亡くなる者もいる。神社があり、同心も立ち寄る。生きていく場であった。

「だからそういう店で、手頃な値の品を買って、店の人から噂話を聞けば良いんだわ」

「ああ華姫、そりゃ良い考えだ」

祥吉も頷く。

「そういやぁ大門の傍らに、吉原の遊女について書いた、吉原細見《さいけん》を売る店、蔦屋《つたや》があるって聞いた気がする。蕎麦屋の向かいにあったって、おじじ殿が前に噂話をしてた」

吉原の本がある店なら、遊女の浮世絵なども、売っているかもしれない。そして浮世絵ならば、蕎麦一杯の値と変わらないから、月草達にも買える。お華達三人はまず、そこを目指すことにしたのだ。

先の事が決まって、ほっと息をつくと余裕が出る。ここで祥吉がふと、気になる事があると言い出した。

「なぁ、華姫、月草。おれ達は今まで、正五郎さんを、どうやって捜すかってことばかり、考えてた。けどさ」

そちらに気を取られて、正五郎がどうして消えたのかは、考えてこなかった。そして祥吉は今も、そこが分からないと言ったのだ。

「堀川に落ちて、土左衛門《どざえもん》になったわけじゃないよな。華姫、それならとっくに川で浮いて、見つかってるだろ？」

「そうねえ。お江戸中を歩いている、同心の旦那が見つけられずにいるんだもの。病になったり大八車《だいはちぐるま》に轢《ひ》かれて、どこかで世話になってる訳でもないわね、きっと」

そういう話には町役人《まちやくにん》が関わるから、早々に奉行所が摑んでいる筈であった。関所を通るのに必要な、往来手形を書いてもらっていないから、旅に出たのでもない。

「正五郎さん、きっと無事で、禿といるんだわ。どんな訳があったら、事情も告げずに、そういう消え方をするのかしら」

悩む三人の傍らを、何人もの男が足早に追い越して行く。ここで祥吉が、浮かれた顔で大門へ向かう者達を見つつ、顔を顰めた。

「正五郎さんに、店を任せてくれてる顔役にも、知らせを入れてねえ」

義父になるはずであった山越にも、義理を欠いている。

「決まったことじゃないけど、正五郎さん、今はお夏お嬢さんの婿《むこ》がねでもあるよね。次の山越の親分は、正五郎さんだって思ってる人、きっと両国に多くいる」

だが今回、同心とのいざこざが無くとも、山越の親分は正五郎の騒ぎを、快く思っていないのではないか。祥吉が歩みつつ言うと、お華が頷いた。

「江戸一の盛り場の親分が、どこにいるのかも分かんないんじゃ、拙《まず》いものね。余所《よそ》の親分に、縄張りを荒らされて、両国で合戦みたいなことが、山のように起きそう」

所在が知れない件は、それほど頭の痛いことなのだ。武家の当主だったら、何日も行方が知れないと、禄《ろく》を失う騒ぎになる。いざ合戦というとき、主の所へ駆けつけ、戦に出ることが出来ないからだ。

正五郎は両国近くの顔役から、何軒かの店を任されている。そしてここ暫く配下の店は、正五郎を頼りに出来ていなかった。

「山越の親分は、そういう勝手は許さないわね。お夏っちゃんと添って、両国を支える立場になるお人には」

そういう話を考えると、お夏はこれから、結構辛《つら》い立場に立たされるかも知れないと言い、お華は空へ目を向けた。

お華追い達は、お華の姿を見られれば満足だ。日本堤を吉原へ向かう野郎達は、大門が近くなるだけで、飛ぶような足取りとなる。

だがお夏は。惚れたと思う気持ちだけでは、婿取りは無理かも知れなかった。

お華の、まことの水の眼《まなこ》が煌めく。

「山越の親分が、形だけ養子を迎えて、縄張りを手放すやり方もあるわ。けどそうすれば、お夏っちゃんは楽になるけど、両国じゃ大騒ぎが起きるでしょうね」

どちらにしても、いずれお夏は、両国の明日を賭《か》けた、大事《おおごと》の真ん中に立たされるのだろう。

多分それは、岡っ引きに自身番へ連れて行かれるよりも、難儀なことに違いなかった。下手をすると、お夏の恋の敵方は、父親かもしれないのだから。

「お夏っちゃん、この先、大変だ」

「〝まことの華姫〟が、明日を語るのか。しかも、両国が騒ぎになるのかい？　怖い話を聞いちまった」

祥吉は、身をぶるりと震わせると、来てはいないお夏の姿を捜すかのように、道へ目を向けた。

しかし吉原への道を歩むのは、野郎ばかり。その間を菓子や団子、飴《あめ》や餅《もち》など売り歩く物売りが、うろうろしているのみだ。

気が付けば、五十間道の突き当たりに、大門が見えてきていた。

6

「あれ、大門の前に、蔦屋がない」

大門の前までたどり着いた時、祥吉は、頓狂《とんきょう》な声を出すことになった。門前に、目的の店がなかったのだ。

すると、その様子を目にした男達が、もの慣れない様子の祥吉へ笑いを向けてきた。

「兄さん、蔦屋はとうの昔に、大門の前から余所へ移ってるよ。今頃、何の用なんだい？」

「あの、花魁達の錦絵を、見たいと思ってたんだが」

更に笑われた。

「それならさっさと、大門の内へ入りな。中の店で売ってるから」

もっとも、金のなさそうな祥吉や月草へ、茶屋へ上がれと、無茶を言う者などいない。吉原には、登楼せず遊女を見て歩くだけの冷やかしも、結構いるのだ。金がなければ、そんなものであった。

ただ。月草達が大門をくぐると、四郎兵衛《しろべえ》会所《かいしょ》の番人が、すぐにお華へ目を向け、声を掛けてきた。そして月草の抱えている連れが、大きな木偶人形だと分かると、目を丸くしていた。

「兄さん、珍しい連れだね」

「お華と言うんだ。おれは両国の芸人なんだが、お華は話芸の相棒でね」

吉原へ行くならお華を同道して、客へ、この地の話芸を披露したいと思ったと、月草は話を持って行った。番人は笑って頷いたものの、さてお華に、おなごが大門から出る時に必要な、大門の切手が要るかどうか、大げさな身振りで迷っている。

するとお華が、会所の四郎兵衛へ手を振った。

「あら、このお華には、切手を出してくれないのかしら。四郎兵衛さん、これでも両国じゃ、お華追いっていう贔屓《ひいき》も付いてるのよ」

途端、話した、動いたという声が、大門の辺りにいた男らから湧く。

「驚いた。人形が可愛い声で話してるぞ。こりゃ、いいわな。もっと続けておくれや」

「あたしの芸は、一回四半時で二十文なのよ。両国の小屋一杯にお客さんが集まったら、話芸を始めることになってるの」

だからこんな道端じゃ、いつもは話さないのと言っていると、大門辺りは人だかりとなって、四郎兵衛が顔を顰めてしまう。

するとそこに、近くの引手《ひきて》茶屋《ぢゃや》井筒《いづつ》屋から、若い者がやってきた。そして月草達へ、声を掛けてくる。

「兄さん方、両国の芸人さんだと伺いました。花魁が、盛り場での芸を見たいと言っておいでなんだが、茶屋までご足労願えますか」

「月草、本物の花魁に会いたいわ」

お華が明るい声で、勝手に返事をしたので、こちらも若い者が魂消た。とにかく早々に、井筒屋の二階へ顔を見せると、前帯姿の華やかな花魁が、禿や新造《しんぞう》を連れ、黒羽織の客の横に座っている。

お華が小声を漏らした。

「まあ、禿って本当に、お姫様みたいな恰好をしてるのね」

部屋には料理や酒が出ており、横手には太鼓持ち達も控えている。茶屋の主まで居たのは、お華を見に来たのかも知れなかった。

お華はさっそく、若梅《わかうめ》という花魁と向き合った。

「花魁て、華やかで奇麗なのねえ。それに黒羽織のお客さんたら、そりゃお金持ちみたいだわ。毎日、財布の軽い月草といるから、別の国のお人みたいに思えるわ」

「お華、余計なことを言ってねえで、まずはきちんと挨拶《あいさつ》をしねえか」

月草が、お華をこつんとぶつ仕草をしてから、座の皆へお華を紹介すると、座がわっと沸いた。若梅花魁が、己の客へ優しい目を向ける。

「あらまあ、本当に人形が、話しているようでありんす。主さん、面白いものを見せてくだしゃんして、わちきは嬉しい」

ここで祥吉が、何故だか得意げに、華姫について語り出した。お華が〝まことの華姫〟と呼ばれていることや、その所以《ゆえん》、そして己達、お華追いが居ることまで話すと、お華が笑って口を挟む。両国の話が珍しかったのか、花魁達が更に喜んでいた。

するとと月草らを招いた客も、満足げに頷いた。

「こういう芸は初めて見たよ。不思議だねえ。目の前にいるのに、木偶人形が話しているようにしか、見えないんだから」

お華は、話すのは得意なのと言ってから、一つ首を傾げた。

「お客さん、実は今日ね、月草達は最初から、冷やかしをするつもりで吉原に来てるの。あたしを連れてるから、廓《くるわ》には上がれないんだって、月草は言ってるけど」

しかし目の前のお客の、着物を見るに、だ。

「来月になっても、来年になっても、月草が廓のお客になる日は、来ないかもって思えるわ。お客さん、そのお着物、素敵《すてき》ね」

月草の目が、半眼になる。

「お華、客人の着物を褒めるのに、何でそんなに長い話が、挟まるんだよ。もっと短く喋《しゃべ》んな！」

「月草には、廓のお客になれるお金が無い」

「それのどこが、着物を褒める言葉なんだっ」

木偶人形と芸人の、じゃれ合うような喧嘩を見て、座の皆がまた笑い出す。しばし、そうやって明るく話を続けた後、月草や祥吉は酒を一杯頂き、座は一休みとなった。

「いや、面白い。その内、両国の小屋へ行ってみたいもんだ」

客が語ると、お華は近くにいた禿の着物へ手を伸ばし、興味深げに見ながら頷いた。

「月草の小屋へ、来てくださいな。いつもお客達も巻き込んで、わいわい喋ってるの」

そう言いつつ、お華が禿の振り袖を裏返し、模様を見ていると、目を見張った禿が、思わずお華の手を握った。すると急いで手を引いたので、お華は禿へ笑いかける。

「固くてびっくりした？　あたし木偶人形だから、木で出来てるのよ」

「でもまるで、生きてるようでありいす」

お華は世の中に、不思議なことは多いものだと、軽く言った。そして、先だってお華の知り合いも、神田川の辺りで、不思議な場に行き会ったと話を続ける。

「そのお人はね、神田川の舟の上に、お姫様みたいな禿の姿を見たっていうの」

その人は、そういう華やかな禿であれば、吉原の禿だろうと言ったのだ。だが。

「吉原の禿が、大門の外へ出ることとなんて、あるわけないわよね？　あたし、見間違いだろうって言ったんだけど」

すると禿が、あっさりと返した。

「あの、わっちは何度か、大門から出たこと、ありいすが」

「へっ？　あるのかい？」

しゃっくりのような声を上げたのは、祥吉であった。驚いたのは月草も同じで、両国では同心らも、遊女達は大門の外へは出ないはずだと、言っていたのだ。

ここで、黒羽織の客が笑い声を上げた。

「面白い、今度はこっちが芸人達を驚かせたぞ。いや他出の話は、本当のことなんだ」

遊女屋では春、上野などへ行き花見をするのだと、客は続けた。それに。

「箕輪《みのわ》にある寮で、ややこを産んだ花魁は、何人か知っているよ」

更に、病を治す為、寮へ向かうこともあるのだそうだ。箕輪へ行かせてもらえるのは、大概売れっ子の花魁らしい。そして出先で掛かる金は、遊女が自分で払うか、馴染み客に払ってもらわなくてはならないという。

つまり、行ける遊女は限られるのだ。

「ただね、出養生《でようじよう》の時花魁は、新造や禿も連れて行くんだ。つまり外へ出られるわけだ。若梅、そうだよね」

客が問いかけると、若梅花魁が頷いた。

「わっちは寮へ行ったことはありんせんが、そう聞いてます。今は、松葉屋《まつばや》の七里《ななさと》花魁が、出養生に行っておいでで。箕輪へは、新造と禿を二人ずつ連れておいきですわいな」

早く、具合が良くなるといい。花魁がそう口にすると、優しいねと言い、その手を客がそっと握っている。二人が見つめ合ったので、茶屋の主が目配せをしてきて、月草達は座を外すことになった。

二階から下りるとき、茶屋の主が金を渡してくる。小屋へ出るよりも多い、二分の金をもらったので、月草は祥吉へ半分渡し、表へ出ていった。

三人は道に立つと、摑んだ思わぬ話を、小声で囁《ささや》き合う。

「お華は、驚いたわ」

「禿は、外へ出ることがあったんだな」

ならば神田川の舟にいた姫姿は、やはり、吉原の禿に違いないと祥吉が言う。しかし、その外出は、禿が己で決めることではなかった。禿は花魁と共に、表へ出るわけだ。

「ならばこの先、おれ達が正五郎さんを捜すべき場所は、この吉原じゃあ、あるまい」

今、表に出ている禿は二人のみで、いる場所は箕輪なのだ。そして正五郎は、禿と一緒にいる姿を見られた後、消えている。お華が頷いた。

「なら、妓楼の寮へ行くべきね。ようよう、事の終わりが見えてきた気がするわ」

月草達と祥吉は、入ったばかりの大門から、早くも出て行くことになった。そして箕輪の方へ足を向ける前に、大門前で、待っていた他のお華追い達を見つけた。

7

月草達三人は、大門からは北西の方、箕輪にある松葉屋の寮へ向かうと決めた。正五郎が今度こそ、そこで見つかると思えたからだ。

「ただねえ、お華には、正五郎さんが花魁と会うのに、何で寮を選んだのか、まだ分からないわ。登楼するお金は持ってるでしょうに」

箕輪へ行く前に、付いてきていたお華追い達に、両国へ向かってもらった。正五郎が寮に居る場合に備え、援軍を頼んだのだ。

(おれ達だけじゃ、箕輪にある寮へ行ったとて、入れるわけも無いからな)

吉原から箕輪は、結構近い。月草達はじき、箕輪へ行き着くと、まずは山越達がやってくるまでに、松葉屋の寮を捜すことにした。そして近くに住む者に、正五郎らしき男を見かけなかったか、聞いて回ったのだ。

すると松葉屋の寮は早々に見つかったし、花魁が、その寮へ来ているという話も拾った。だが考えの外のことも、出てきた。まめに寮へ見舞いに訪れるという、医者連れの男は、正五郎よりもぐっと年上らしい。

「あれ？　誰なんだろ」

考え違いがあったのかもしれないと、思えた。つまり正五郎が、寮にいないこともあり得ると、月草は思った。月草達が冷や汗をかき始めた時、山越達が駕籠《かご》で、驚く程早く箕輪へやってきてしまった。

正五郎を捜している顔役と、黒内同心も一緒に顔を見せる。山越と同心はそろそろ、勝負の決着を付けたいに違いなかった。

お華は山越を見て、慌てた声を出した。

「親分、まだ寮に入れないの。でね、正五郎さんの姿を見つけてないのよ」

すると山越が寄越《よこ》した返事は、短かった。

「正五郎が寮に居なかったら、月草をぶちのめす。おめえは己の一存で、ここへ黒内同心まで呼んだんだからな。考え違いでしたじゃ済まねえ」

「そ、そんなっ」

慌てている間に、当の黒内同心が寮の場所を祥吉に聞き、さっさと門から玄関へ向かった。強い言葉が聞こえ、やがてその姿は、強引に寮の奥へ入っていく。

(やった。やはり黒内同心を呼んだのは上手《うま》い手だった。役に立ってくれた)

江戸町奉行と、揉めたい妓楼はないのだ。表に居残っても仕方がないので、月草達も、瀟洒《しょうしゃ》な造りの建物へ入っていく。

すると、さすがと言おうか、箕輪にある松葉屋の寮は立派な造りだった。

寮には手入れの行き届いた庭と、池があった。通された部屋も広く、待っているとじき、出養生をしているという、松葉屋の七里が現れてくる。月草は目を見張った。

(七里花魁の病、重そうだな)

先刻、引手茶屋で見た花魁よりも、ぐっと細く、弱々しい。今日は簪《かんざし》一本きりしか挿しておらず、美しいが、消え入りそうな儚《はかな》さだ。吉原で聞いた通り、花魁は禿を含め、四人の若いおなごを伴っていた。

そして七里花魁の後ろからは、馴染み客だという男が、顔を出してきた。相場もするという両替商は、佐加井屋《さかいや》を名のった。佐加井屋は押し出しが良く、いささか勝手で、引きつけられる所の多い、山越のような男ではないかと、月草には思えた。佐加井屋が同心へ、文句を言ってきたからだ。

「男が廓の寮へ、押しかけてくるのかよ。花魁は養生中ゆえ、この佐加井屋だって、寮に泊まっていくわけじゃねえんだぞ」

ただ、花魁へ食べ物など届ける許しを、妓楼から得ているだけだという。出養生の金を、佐加井屋が全部出しているゆえの、別格扱いなのだ。

「まぁ相手が廓の主なら、金次第ってことも多いのさ」

月草とお華、それに祥吉は、座の端で佐加井屋の話を黙って聞いていた。

一方、座の真ん中に座った山越は、ここで一言、正五郎を呼べと口にした。正五郎の妹の名を出し、捜している事情を告げたのだ。

佐加井屋は口をひん曲げる。

「この寮じゃ今、七里花魁が出養生中なんだ。騒がねえで帰ってくれないか」

「正五郎の件が終われば、直ぐに我らは帰る」

黒内同心がびしりと突っぱねると、佐加井屋は口を更に、大きくへの字にした。だが。佐加井屋はここで黙ってしまった。同心と揉めれば、花魁と、吉原の妓楼が困ると考える程には、分別があったらしい。しかし佐加井屋は、さりとて正五郎が寮に居るとも言わないのだ。

その後大きな部屋で、皆で喋りもせずに、睨み合う事になった。じき、禿や新造が茶などを出してくれたが、それでも口を開く者がいない。

そして。

そして。

いい加減、月草の顔が引きつってきたその時、横手の障子戸が不意に、すいと開いた。外廊下を見ると、気軽な身なりの正五郎が、困ったような顔で立っていた。


ここで真っ先に口を開いたのは、正五郎に店を任せていた顔役であった。

「生きてましたか。ならば上々」

だが無事であったなら、知らせぐらいは入れるもんだと顔役は続ける。正五郎が放り出した店は、今は顔役が預かっているのだ。

「早く帰ってきてくれねえと、こっちは己の仕事が出来ねえんだがね。いつ帰るんだ？」

「それが……まだ返事は」

正五郎が言葉を濁《にご》したので、山越が額に青筋を浮かべる。すると何故だか花魁が謝ってきたので、それを止め、佐加井屋が諦《あきら》め顔で、事情を告げ始めた。

「おれが手代と禿達を使いにやって、正五郎さんに、この寮へ来てもらったんだ。訳は簡単だ。七里花魁が、一目会いたいと言ったからだ」

出養生に来ているくらいだから、花魁は病であった。見た目で分かる程、具合が悪い。

「先に一度、かなり血を吐いてな。その時、もう駄目かもしれんと思って、花魁に望みを聞いた。一度、客として会ったことのある正五郎さんと、もう一度でいいから会いたいと言われた。他の男が恋しいと聞いて、参ったよ」

それでも佐加井屋は正五郎を呼び、正直に次第を話して、寮へ居てもらったという。今なら七里花魁は、大概の望みを、佐加井屋に叶《かな》えてもらえる。その女の願いが、正五郎と会うことだったのだ。正五郎は、男気を持たねばならぬと感じたらしい。七里を見捨てては、男が立たぬと思い定めたのだ。

「正五郎さんと会えたからかね。今、七里花魁は少し、持ち直している」

あと少しは、ほっとする日が送れるかも知れないのだ。

「長い事じゃないと、花魁も分かってる。だから正五郎さんには、その日までこの寮に居て欲しいんだよ」

　死を前にした、花魁の願いだ。佐加井屋は無理を承知で頼み、正五郎は頷いた。それが、事の全てであった。

「ほお……」

「山越さん、正五郎さんが、この寮から両国へ知らせをやる件は、おれが断った。正五郎さんが暫く帰れないとなったら、用を抱えた者が、入れ替わり立ち替わり、寮へ来るだろうからな。花魁の体に障る」

　それに長く箕輪に居続けるとなれば、いい加減帰れと言う者も現れるだろう。佐加井屋は花魁第一で、勝手に事を進めていたのだ。

「文句を言われようが、知ったこっちゃねえわ。おれの好きにさせてもらってる。正五郎さんは、男気を持って承知してくれたのさ」

　正面から言われ、顔役は困った様子で、当分帰っては来ないのかと頭を掻《か》いている。黒内同心は一言、騒ぎを起こすなと言って、佐加井屋と正五郎を睨んだ。そして。

　山越がここで、ゆらりと立ち上がったのだ。そのまま、泣きそうに目を潤ませている花魁を見もせず、真っ直ぐに正五郎へ寄っていく。そして。

　月草が思わず、お華を身の後ろへ庇《かば》ったほど強い拳固を、正五郎へ食らわした。

「何しやがるっ」

　叫んだのは、正五郎ではなく佐加井屋であった。だからか山越は、佐加井屋達を睨んだ。

「佐加井屋さん、おめえがどう腹を決め、何をしたかは分かった。花魁のことを、おめえさんは好いているんだろう。最期に、他の男を呼んでも、心を満たしてやりたいって気概は、てえしたもんだとおれは思う」

だから佐加井屋がやらかしたことに、今から山越が文句を言うことはない。

「野暮《やぼ》な話になるからな」

正五郎は、先が短い花魁の命と、連れ添う気のようだ。それも止めはしない。

「あの、親分」

正五郎が、顔を腫《は》らして山越を見ている。それをお華の目が、煌めきつつ見つめていた。

「済みません、おれは……」

「謝るんじゃねえ。おめえは男を通した。なのに謝っちゃ、七里花魁に悪いってもんだ」

それは、それ。山越にも納得出来ることであった。ただ。

ただ。それでも、だ。

「おめえは、やっちゃいけねえことを、やったんだよ」

正五郎はかつて、亡くなった山越の娘おそのをもらう腹を固めた。その時正五郎は、両国の盛り場を、その肩に背負うと決めた筈なのだ。

「おそのは亡くなった。しかしおめえは、両国から離れなかった。皆は、正五郎がお夏を貰《もら》う気だと言う。おれも、おめえの腹は定まってるもんだとばかり、思ってたよ」

だが、思い違いをしていたようだと、山越は口にしたのだ。

「おめえは、両国の盛り場で、山越の名の下、どれくらい多くのもんが、暮らしてると思ってるんだ？」

屋敷や小屋で、直《じか》に働いている者達だけではない。その家族も、他の地で、盛り場から利を得ている者達も、あの両国が頼りであった。江戸一、繁華な場所なのだ。

「そこを放り出して、知らせの文《ふみ》一つ入れず、男気を持つだと？　何を粋《いき》がってるんだ」

正五郎を見つめる、山越の眼差《まなざ》しが冷たい。

「親分なんてな、粋で鯔背《いなせ》な、恰好の良い男ってだけじゃ、務まらねえんだよ。恰好悪くともな、やらなきゃならねえことが、山とあるのさ。おれは、そう思い定めてる」

山越など先に、月草の小屋の上がりを九割方懐に入れるのを知られ、大事な一人娘から呆《あき》れられている。阿漕《あこぎ》だと言う声も、賭場《とば》に関わる悪玉の評判も、両国に縄張りを持つ者として、山越が呑《の》み込まねばならないものであった。

山越が瀟洒な廓の寮で、天井へ目を向け、大きく息を吐き出した。

「ああ、正五郎じゃ足りなかったか」

今回の勝負、己の負けだと、山越が不意に言い出した。そして山越と黒内同心の勝負は、黒内の勝ちということで承知だと、山越は言い切った。黒内同心が顔を顰める。

「おい、勝ちを譲って下さろうっていうのか」

「いや、おれは今回の件じゃ負け方だ。よく分かった。これが、事の行き着いた先だったとはね」

ちらりと正五郎を見た後、同心が頷く。山越は、もう顔を見もせず告げた。

「正五郎、おめえが決めたことだ。後は最期までこの寮で、七里花魁に添ってさしあげな」

ここでのことは、佐加井屋がきちんと仕切ってくれるだろうから、心配は要らない。

「おめえの店は、顔役に押っつけとけば、暫く大丈夫だろうよ。この顔役さんは、出来る男だからね」

「山越の親分、人の仕事を仕切らないでくださいよ」

「黒内同心も、これで正五郎の妹御へ話が出来る。ああ、おれ達の用は終わったわけだ」

山越は、ならばそろそろ両国へ帰ると、月草達へ声を掛けてきた。

だが、部屋から出て行こうとした山越は、何故だか直ぐ、足を止めた。そして振り返ると、正五郎を見る。月草はお華の目が、又、煌めいたように思えた。

「いけねえ、きちんと言っとかなきゃならねえ事があった。正五郎、この山越はおめえに、娘はやらねえ。だからそろそろ顔役にでも頼んで、他の嫁をもらえ」

「えっ……」

つまりそれは、もう正五郎を両国の跡取りにする気はないと、言い切る言葉であった。

正五郎の手の内から両国が消えた一瞬であった。

「訳は今、山ほど言った。気を変えることはねえ。嫁を取れ」

そして、皆の眼差しを断ち切るように、廊下を歩き去って行く。顔役が、同心が、直ぐに立ち上がった。月草と祥吉も後に続く。

お華の静かな声が、廊下を行く祥吉へ届いたのが分かった。

「ああ、これで全部終わったのに、ほっとした気持ちになれないわね」

この場にいた者達は、心をざわめかせているのだ。そして。

「きっと、この後、両国にいるお夏っちゃんが、一番大変になりそう」

お華がまた、お夏のことを口にすると、黒内同心がこちらを見てくる。後は隅田川へ抜けるまで、口を開く者はいなかった。

かぐや姫の物語

1

江戸を流れる隅田川と、神田川が合流する近くに、両国橋が架かっている。橋の両岸は、火除《ひよ》け地となった後、今は、江戸一と言われる、繁華な盛り場に変わっていた。

両国には屋台や茶屋、小屋が並び、大道芸や大がかりな出し物など、それは楽しいものが、お客を待っている。そして、そんな見世物《みせもの》小屋の一つ、話芸で売っている月草の小屋は、いつも、とても賑《にぎ》わっていた。

ただ今日は、思わぬことで盛り上がっていた。

月草は、口を動かさずに話が出来る芸人で、お華という姫様人形との話で、常連を多く摑《つか》んでいる。だがその常連客達や、人形のお華を贔屓《ひいき》にするお華追い達が、勝手なことを言い出し、話芸が出来ないでいたのだ。

もちろん、いつもの話芸を聞きたいという客も、幾らかはいた。だがお華追い達は、今、両国で噂《うわさ》になっている件の真相を知りたいと、真実を知る目を持つとの噂の、〝まことの華姫〟に言ってきていた。

「友の噂だから、華姫も聞いてるだろ？　山越のお嬢さんが知らない男に、〝かぐや姫の物語〟が好きかって、聞かれたっていうんだ」

一寸《ちょつと》聞いたところ、他愛《たわい》もない話であった。〝かぐや姫の物語〟は草双紙《くさぞうし》も出ている、昔からある物語なのだ。なのに噂は、思いも掛けないほど一気に、両国一帯に広まっているという。

お華追いの一人で、火消しの頭《かしら》である大吉《だいきち》が、真剣な顔でお華へ問うてきた。

「なあ、華姫は聞いてないか？　お夏お嬢さんは〝かぐや姫の物語〟を、どう思ってるんだ？」

だが、客の中には話の意味が分からず、月草へ、のんびりした問いを向けてくる者もいた。

「月草。〝かぐや姫の物語〟を、他の皆さん、どうしてそんなに気にしているんだい？」

ある隠居がゆったり問うと、お華追い達から、どうして分からないのかと声が上がった。月草が静かにしてくれと頼んだ後、お華が手を振り、皆の目を集めてから語り出す。

「ご隠居、〝かぐや姫の物語〟の噂に、皆がなぜ沸いてるのか、事情を話すわね。あの噂を聞いて、皆、お夏っちゃんのお婿《むこ》さん探しが始まったと、思っているのよ」

「おやま、何でそうなるのかね？」

ここでお華は、客席の皆を見つめた。

「かぐや姫のお話が、どんな話か、皆さんは知ってるわよね？」

馴染《なじ》み客の、船宿のおかみが答える。

「確か、竹からお姫様のかぐや姫が生まれて、月へ帰るお話よ」

「ええ、そうだわ。ただね、肝心なのは、お話の真ん中のところなの」

〝かぐや姫の物語〟では、姫は月に帰る前、五人の貴公子達と帝《みかど》から求婚されるのだ。

「つまりかぐや姫の話は、姫君の婿選びの話でもあるのよ」

そしてだ。今、この両国の皆は、先々お夏が誰を婿に選ぶか、興味津々となっている。

「だってお夏っちゃんのお婿さんになるということは、次の両国の親分になるということだものね。皆の明日《あした》の暮らしは、そのお人の出来次第で、上がったり下がったりしそうだもの」

おまけについ先日、お夏の姉、亡きおそのの元許嫁《いいなずけ》正五郎が、跡取り候補から外れた。

「あの件、大きな噂になったわよね？」

客達が頷《うなず》く。正五郎がやらかしたことの顚末《てんまつ》は、よみうりが詳しく書き立てていた。

「あの件の後、盛り場を誰が受け継ぐのか、興味が更に高まった。そこへ婿選びの話、〝かぐや姫の物語〟のことを、お夏っちゃんが聞かれたと伝わってきたわけよ」

大がかりな次の親分選びが始まったのかもしれない。そう考えた者は多く、騒ぎになっているわけだ。

「だからもちろん、月草の話芸より、そちらが気になるわけ」

「いや華姫、まあ、本当ではあるが、そこまではっきり言わなくても……」

大吉に言われ、お華は深く息を吐いた。その後、客達へはっきりと言い切った。

「次の親分を誰にするにせよ、山越の親分は、真っ当なやり方で決める筈《はず》だわ」

大事にしている娘の婿を、物語のように、競い合いの結果で決める訳がないのだ。

「勝負に勝った者なら誰でも良いなんて、あの親分が言うはずがない。でしょ？」

「そ、そこは分かってる。華姫、分かってるんだ。ただね」

お華追い達の一人、大工や職人達の頭、小助《こすけ》が鼻の頭を掻《か》いている。小屋内の皆は、〝かぐや姫の物語〟について問われた時の、お夏の返事を知りたがっているのだ。

「お夏お嬢さんに、今、好きな人がいたら、競い合いは迷惑だろ？　そこを知りたいんだ。お嬢さん、何て返答したのかね」

お華の目が光り、珍しくも拳固《げんこ》を客席へ向けた。

「こんな話に振り回されちゃ、お夏っちゃんが可哀想じゃない。お客さん達、これ以上、この噂を広めちゃ駄目よ」

客達は頷いたが、少し残念そうでもあった。すると、ようよう話に追いついてきた客の隠居が、あっけらかんと、問いをお華へ向ける。

「それで、お夏お嬢さん、好いた相手は、まだいないのかい」

まことを語るという華姫が、舞台からあっさり返した。

「お夏っちゃんの好いている相手は、このお華よ。間違ってないでしょう？」

「はは、その通り」

客達が一斉に頷き、お華が満足げに胸を張った。そして月草はようよう、いつもの話芸に戻ろうとしたのだ。

ところが。月草の小屋を預かるおじじ殿が、この時奥から顔を見せ、無情なことを言ってきた。

「お客さん方、時間だ。お帰りの刻限だよ」

「ええっ、話芸の時間、もうおしまいかい？　おじじ殿、いつもより短くないか？」

大吉が文句を言ったが、おじじ殿は引かない。月草の話芸一回分は、おじじ殿が火を点《つ》ける線香が燃え切るまでの、四半時位と決まっている。要するに、おじじ殿の胸三寸なのだ。

「この回は、お嬢さんの噂話ばかりしてて、月草の話芸にゃ、なってなかったじゃねえか。こういう回は、短いもんなんだよ」

「あら、そうなんだ。じゃあおじじ殿、次に来た時は長めにしてね」

「おう、おかみ、また来とくれ」

「ありゃりゃ」

本当に、全く話芸が出来なかった回となり、帰って行く客達の背を見て、月草が溜息《ためいき》をつく。するとお華が、低い声で言った。

「最近お華追いさん達ったら、月草が止めても、言うことを聞かなかったりするわね。

それを抑えられないから、月草はこの回、話芸が出来なかったのよ。情けないわぁ」

このお華の言うことは、今も、大事に大事にしてくれるからいいけどと、言葉が結ばれる。月草は文句を返した。

「そりゃあいつらは、おめえの贔屓なんだからな。お華追い達は、この月草のことなんて、お華の影くらいにしか思っちゃいねえよ」

おじじ殿は笑いつつ、最後の客を小屋から送り出した後、何故だか戸に心張り棒を立てた。そして振り返ると、月草へ、こう告げてきたのだ。

「山越の親分が呼んでおいでだ。月草、おれとすぐお屋敷へ行くぞ」

「おじじ殿、まさかその為に、さっさと話芸を終わらせたんですかい？」

「あのなぁ、さっきの話は、話芸じゃねえって言っただろ。長引かせてどうするよ」

月草は身を小さくして頷くと、裏口から出かけることになった。

2

おじじ殿と山越の屋敷へ顔を出すと、今日は手下達が、揃《そろ》って渋い顔つきをしていた。

以前、屋敷に世話になった月草は、気の知れた顔に挨拶《あいさつ》をしていく。すると皆、笑みを返してきたので、月草のことで怒っている訳ではないと、いささかほっとした。

（じゃあ、何で不機嫌なんだろ）

するとと。奥の部屋へ通され、山越と対面した時、月草の心の臓は、一つ飛ばして打つことになった。

山越は正面に座っており、その近くに、今日はお夏もいる。そして部屋にはもう一人、知った顔が並んでいたのだ。

（何と……春太郎さんがいる）

まさか山越の屋敷でまた会うとは、思っていなかった相手であった。

春太郎は芸者が産んだ、山越の実の息子なのだ。だが一旦《いったん》両国へ来たものの、気持ちに区切りを付けたと言い、京橋へ帰っている。

（今の親の店、口入《くちい》れ屋を手伝ってると聞いてたが）

春太郎は、もう両国と縁はない御仁《ごじん》だと、月草は考えていたのだ。

月草は、お華を抱え直した。

「あの、親分さん。山越のお屋敷に、わざわざ春太郎さんが来てるってことは、何かあったの？」

お華が口を開くと、いつ見ても凄《すご》い芸だと、まずは春太郎が笑みを浮かべた。そして、久方ぶりだと挨拶をしてから、それ以上話さず、山越の方を向いたのだ。

両国の親分はお夏へ顔を向けた後、今日は迫力のある顔で、月草を見てきた。

「先におれは、亡きおそのの婿になる筈だった男、正五郎に、お夏以外の嫁をもらえと言った。あの件は月草も承知だな？」

正五郎は有力な、親分の跡取り候補だった。だが山越は男として不足だと断じ、山越の娘の、婿にはしないと決めたのだ。

「正五郎の嫁だが、先日決まった」

すると。

「何故だかお夏へ、〝かぐや姫の物語〟について、聞く者が現れたんだ」

山越もしっかり、噂を摑んでいた。

「あれには、婿選びの話が含まれてる。おれは何だか、嫌ぁな気に包まれてんだよ」

大事な一人娘のことを、山越はおろそかにしないのだ。

それゆえ山越は手下達を使い、噂を調べてみたという。正五郎が跡目争いから落ちたことで、両国で、妙な騒動が起きるのを心配していた。

「ところが、だ。何故だかなかなか、手下達は事を摑んで来なかったんだ」

するとそんな時、思わぬことが起きた。山越の実の子、春太郎から文《ふみ》が届いたのだ。

「春太郎によると、山越と関わりのある、驚くような文が届いたっていうんだ。で、こうして屋敷へ来てもらった」

ここで、春太郎本人が口を開いた。

「おれ、そこにある文をもらったんです」

言われて気が付いた。山越の前の畳に、文が置いてあったのだ。春太郎が中身のことを、少し強《こわ》ばった顔で語ってゆく。

「文には、送り主の名がありませんでした。ただ文の主は、最近正五郎さんが、お夏お嬢さんの婿候補から外れたことを知っていた」

正五郎を婿にするかどうかは、親分である山越が決めることだと、文には書かれていた。ただその続きは、思わぬものであった。

「こうとなったからには、お夏さんの許嫁を、早めに決めるべきだとありました。そうすれば、両国の盛り場は安泰だと、文の送り主は考えているようでした」

だが山越は、お夏はまだ若過ぎると言い、直《す》ぐに動こうとしていない。だから、いつぞやのように山越が病に倒れると、大騒ぎになってしまうのだと続いていた。

「よって、文の主達は動くのだそうです。力のある者達が集い、誰が次の親分に相応《ふさわ》しいか、競い合うことにした。その結果を、山越へ示すのだそうです」

自分達は、〝かぐや姫の物語〟に出てくる貴公子達のように、みな立派な男なのだという。だから、その中でも一に立派な者が決まれば、もちろん山越は、興味を示すに違いないと考えているのだ。

「つまり文の主達は、自称、山越の婿候補達ってことでしょうか」

春太郎は、顔を顰《しか》めつつ語っている。月草は呆《あき》れ、お華がうんざりした声で語った。

「自分達は、あの正五郎さんより良い男達だ。で、その面々で勝負をするから、一番になった男を、お夏っちゃんの婿に決めろってこと？」

文一つで、お夏の亭主を決められてはかなわない。

「阿呆《あほう》を言ってるんじゃないわよ」

お華が、毒を含んだ言葉を勢いよく言うと、春太郎は一寸笑みを浮かべた。

「ただ文の主によると、この話には一つ、考えねばならないことがあるんだとか」

話は更に、驚くような方へ向かったのだ。

「自分達の中には、山越が知らない者もいる。だから真っ当な勝負をして勝っても、このおれ春太郎が、難儀《なんぎ》の元になると言うんです」

春太郎は、縁が切れているとはいえ、山越の実子なのだ。

文の主が、山越の婿に相応しいことを示しても、春太郎が同じ勝負をしないままだと、勝利者ではなく、息子が跡目を継ぐべきと言い出す者が、きっと出る。それでは勝負が台無しになると、話は続いていたのだ。

「だからこの春太郎も、勝負に参加するように、言ってきたんです。その為に、わざわざ文を寄越《よこ》したんだと分かりました」

勝負に加わらないのなら、山越の跡取りにはならないと、念書を書くよう文は指示し、終わっていたという。

「念書は、山越の屋敷へ送るよう書いてありました」

その為、誰が文の主なのか未《いま》だに分からない。春太郎は大きく息を吐き出した。

「おれは、念書を書く気はありません。文の主の指示に、従う気はないからです」

だが両国にも関わらない。それは己でとうに決め、山越へも伝えてあることであった。

「ああ、春太郎はそう言ったな。この山越も、承知してる」

だが。今回春太郎は、自分の知らないところで、既に事に巻き込まれてしまっている、お夏のことが気に掛かっているのだ。

「それで再び両国へ、やってきてしまいました。お騒がせしてます」

山越親分は、顔を顰めつつ頷いた。

「誰だか知らねえが、山越の家の話に、口を突っ込む気の男達がいるようだ」

春太郎へ、馬鹿な文を送ったからには、文の主達は本気なのだ。〝かぐや姫の物語〟をなぞり、貴公子達と同じように、勝負をする気に違いない。

いい迷惑だと、山越は言い切った。

「おれぁそんな勝負、認める気はない。勝った奴を、お夏の婿に迎える気もない」

それで終わりだと山越親分が言い切ると、春太郎は、ほっとしたような顔になった。

しかし、だ。月草は安心出来ないでいた。

(事が終わるってぇなら、親分は今日、何でおれを屋敷へ呼んだんだ？)

お華はここで首を傾《かし》げ、山越を見た。

「親分さんは手下達に、〝かぐや姫の物語〟の噂を調べさせたに違いないわ。だけど今回は何故だか、とんと事情が摑めてないのよね？」

「ああ、そうだ」

「春太郎さんの文にも、〝かぐや姫の物語〟という言葉が出てくる。だから噂を流した主と、お夏っちゃんの婿の座を得たい面々は、同じ人よね？」

同じ頃に、〝かぐや姫の物語〟について、お夏へ問うた者がいたのだ。間違いなかろうとお華は言う。

「そして自称貴公子達は、仲間ではない春太郎さんへ、文を出している。春太郎さんが山越親分へ事情を伝えることもあると、分かってるはずよ」

だが文の主は、それでも構わないと思っているのだろう。どのみち勝負が決まったら、勝ったのは誰なのか、山越へ告げる気なのだ。事を隠すより、勝負をさっさと始める気に違いない。となると、だ。

「山越の手下さん達、どうしてさっぱり〝かぐや姫の物語〟の話、摑めなかったのかしら」

ただ手下達のことが気になっても、仲間に調べさせる訳にもいかない。だからただの芸人である、月草を呼んだのではないかとお華は言った。

「お華、やっぱり、頭はよく回るな」

山越が怖いような笑みを浮かべた。

するとお華はお夏を見てから、調べることもせず、あっさり口にした。

「お夏っちゃんに、〝かぐや姫の物語〟が好きかと聞いたのは、山越の手下の一人だと思うわ」

　山越は、配下の者が多い。しかも、直《じか》に縁のある面々だけでなく、頭立った者達が、己の子分にしている面々も大勢いた。

「お夏っちゃんが、皆の顔を知ってる筈も、ないもの。それで、聞いてきた人の顔、分からなかったんでしょう」

　山越が、眉間《みけん》に皺《しわ》を寄せる。

「そう言い切るなら、証《あかし》が欲しいところだ」

「だって親分の手下が調べても、〝かぐや姫の物語〟のことを聞いた人が、分からなかったから」

　お華はお夏へ、聞かれた場所は、両国の盛り場の内ではなかったかと問うた。まだ十三のお夏は、そうは遠出をしないからだ。

「あの、ええ、そうよ」

「縄張り内のことだもの。手下さん達、〝かぐや姫の物語〟について問うた人、きっとあっさり摑んだのよ」

　そして。多分、顔見知りだったのだ。

「親分さん、つまりよ。今回の婿選びの話に、山越の身内も、加わってるかもしれないわ」

　次の親分は、山越の身内から出て欲しいと、願っている者がいるのだろう。話がそこまで行ってしまうから、手下達は却《かえ》って〝かぐや姫の物語〟について誰がお夏に問うたのか、親分へ言いづらかったのだ。

お華はそう言葉を結んだ。

「はあ？」

一旦、まさかと言った後、山越は黙った。そしてその内、口をへの字にしてくる。

「そういやぁ、このおれだって、山越の手下の出だな。山越の者達は、余所《よそ》からぽんと入って来た奴より、中の頭立った者の中から、次の親分を選んで欲しいと思ってるだろう」

正五郎のようにだ。

「もしそうなら、だ。今回の件、手下に調べさせても、事情が分からないはずだ」

手下の身で、お夏へ勝手なことをしたと山越に知れたら、それこそ跡取りになどなれなくなる。手下の皆は、口をつぐむだろうと思われた。

「俺は、山越の者達を、当てに出来なかったってことか。こんなに沢山、手下を抱えてるっていうのにだ」

親分の顔が、天井を向いた。

「皆を集めて叱るか？　いや、駄目だな。おれが怒れば、手下達は何かを摑んでくるかもしれんが、そんな知らせは、当てに出来ねえ」

ならば、この先どう動くか。山越は意外な程早く、己が何をするか決めてきた。

真っ直ぐ、お華を見つめてきた。手下達の様子が不安に思え、月草を呼んだのは、正答だったと言う。

「月草、おめえ、またおれの役に立て。いや、お華にひと働き、してもらいてぇ」

〝かぐや姫の物語〟をなぞり、お夏の気持ちを無視して、山越に迷惑を掛けようとしている者がいる。なのに、今の山越は手下達を使えない。

「おれは可哀想な親分だろう？　うんうん、そうだろう」

山越は、一人頷いている。

「となれば月草は、当然おれを気の毒がって、助けてくれる筈だ。そうだな？」

お華が渋い声を出した。

「親分さん、月草は芸人よ。何が出来ると思ってるの？」

「勝手にお夏の婿を名のる気の、阿呆を止めなきゃならん。だから月草は、誰が馬鹿を始めたか、その名を摑んでくれ」

無茶《むちゃ》を言っているつもりはないと、山越はこともなげに言い切った。調べをする為に頼る先を、月草は……というより、お華は持っているのだ。

「お華追い達に、また頼んでみてくれ。結構な人数がいるだろ？　最近じゃ、男ども以外にも、お華の贔屓は増えてると聞くぞ」

途端、話し声が月草のものになった。

「親分、無理ですよ。いや、お華追いが頼りになるって言うなら、あいつらに、直に頼んで下せえ」

「阿呆をぬかすな。お華追い達は、お華の言うことじゃなきゃ聞かねえよ。金に困ってる奴らじゃ、あるめえ」

「はい、そうでした」

そう言った後、月草は、己が追い込まれたのを感じた。そして……本当に馬鹿なことだと思ったが、思わずお夏の顔を見てしまったのだ。

(ああ、不安げだ)

ここでお夏が黙っていることが、身に応《こた》えた。山越からではなく、お夏から頼まれたら、きっとお華は断れない。そのことをお夏は、承知しているから、口を開かないのだ。

(ああ、そうだよ。お華もおれも断れない)

確かに、お華には出来る気がした。〝かぐや姫の物語〟に出てくる、貴公子を語る連中相手でも、名前を掴むだけなら、多分成せる。

(お華追い達に、山ほど頭を下げなきゃ、ならねえだろうけどな。また……余分な役目を抱えることになったのか)

じき、月草が頷くと、春太郎がほっとした様子で笑みを浮かべた。そして、自分はこれで京橋へ帰るが、後はくれぐれもよろしくお願いしたいと言い、まずお夏を見たのだ。

それから春太郎は、山越、そして月草へも、深々と頭を下げた。

3

お華追い達へ話しかける時、月草はなるだけ、お華の声で語るようにしている。皆はお華が大好きなのだから、互いに、少しでも楽しい方が良いと思うからだ。

だから次の日、話芸の場へ馴染みの面々を集めた時も、お華が話した。天気の良い昼間だから、天井近くの薦《こも》が幾つか巻き上げられており、日の光を入れた小屋内は、蠟燭《ろうそく》要らずの明るさだ。

舞台のお華は、光に包まれていた。

「あのね、あたしと月草は、山越の親分から頼まれ事をされたの。前に、皆で話したから、〝かぐや姫の物語〟の噂は、覚えているわよね。あの話に出てくる貴公子みたいに、お夏っちゃんの婿の座を、競いあいたいって人、本当に現れたみたい」

その者達は恐ろしいことに、勝った者が次の親分の座に座ると、自分達で決めているようなのだ。

途端、床几《しょうぎ》に座っていた面々が、魂消《たまげ》たような声を上げた。

「何だ、それ。お嬢さんに何も聞かず、勝手にことを進めてるって話なのか？」

山越の親分が黙っていなかろうと、声が上がる。お華が頷いた。

「だから山越の親分は、あたし達に頼んで、その自称貴公子達の名を摑もうとしているの」

するとと直ぐ、きっと出るだろうと思っていた言葉が、小屋内で聞こえて来た。

「山越の親分、どうしちまったんだい？　何でお嬢さんの一大事に、月草を駆り出したんだろう」

どうして己の手下達に、調べ事を頼まないのか。聞かれたからには仕方がない。お華は、春太郎の所へ送られてきた文のことを話し、文の主と手下達との関わりを告げた。

小屋内の皆が、顔つきを変えた。

「妙な騒動に、山越の手下が関わってるかも知れねえとは。お嬢さん、災難だな」

直ぐに大吉が、立ち上がった。

「この大吉は火消しで、山越の手下じゃない。だがこの両国で、阿呆が好き勝手するのは、面白くねえんだ」

それにお夏は華姫の友達である。だからお華追い達にとっても、大事な人だと言う。

「月草へ手を貸すことにしよう」

何しろ月草一人に任せたのでは、まず、埒《らち》が明かないだろうと大吉は言い切った。皆がどっと沸き、月草は苦笑を浮かべてしまった。

「協力してくれるのは、ありがてえ。だが、余分な言葉は要らねえんだがな」

さらに笑われてから、お華の声が皆へ告げる。

「どこの誰が、お夏っちゃんを巻き込んで、馬鹿をしてるのか、それが分かればいいの。後は山越の親分が、片付けるでしょう。みんななら名前は直ぐ摑めると、お華は思ってるわ」

ここは、この両国で暮らしている者達の、縄張りだからだ。大吉がにやりと笑った。

「任せておけ。お華追いは、両国の親分の座を狙う面々の名を、直ぐに摑んでみせるさ」

お華が頼めば、大勢のお華追いが動く。大工が、火消しが、船頭達が、お華の手足となる。しかも月草が動かせる者達は、お華追い達だけではなかった。

「なぁ、おかみ達」

ここで小助が横を向くと、両国近くにある店のおかみ達が、揃って頷いた。

「ええ、そうね。華姫には、おなごの贔屓も、結構いるのよ」

小屋に繰り返し顔を見せているおかみ達は、いつまでも若いお華を、娘のように思っている面々であった。

お華追い達のように、固まって声を上げたりしないから、目立ってはいない。だが。

「あたし達は、自分の店で働く奉公人達と、繫《つな》がってるもの。小屋へ来る人数より、ぐっと多くの数が動けるわ」

つまりお華は、そんなおかみ達へも頼み事が出来るわけだ。

「月草ってば、面白い立場になってきたわよね。いえ、お華が出来るってことだけど」

両国の顔役達のように、大きな態度でのし歩き、腕っ節で相手を黙らせることなど出来ない。だが月草は、気が付けば多くを動かせるようになっているのだ。

ここで煮売り屋の女房が、女髪結いと頷きあった。

「そこを見抜いて月草を動かすなんて、やっぱり山越の親分さんは、出来がちょいと、他の男とは違うわね」

つまり褒《ほ》め言葉となると、月草へ向かわず、山越親分へ行ってしまうと、女髪結いが笑った。月草は皆の、言いたい放題な言葉を聞いても笑っていて、おかみ達へ、お華と一緒に深く頭を下げた。

「お夏っちゃん、まだ十三なの。みんな、お夏っちゃんを助けて下さい」

全員が頷いた後、月草は今後、この小屋を集う場にすると皆へ伝えた。

「暫《しば》くの間、皆さんは、この小屋へただで入れやす。おじじ殿が承知してくれやした。だからちょくちょくここへ来て、摑んだことを、話していって下さい」

「承知」

仲間となった者達が、小屋から両国の人波の中へ散って行く。月草は、次の話芸を終えた後、自分も噂を捕まえるべく、縫い物を抱えたお夏と小屋奥で落ち合った。

4

最初に、奇妙な話を持ってきたのは、お華好きのおかみ達であった。煮売り屋と湯屋のおかみが、変な話に行き会ったと、月草の小屋へ来て、お華へ話していったのだ。

「あのね、〝虎〟を捕まえれば、〝かぐや姫〟と添える。そんな噂を聞いたのよ」

その話を摑んだのは、湯屋のおかみだ。おかみの妹の亭主が、湯屋の二階で、耳にしたとのことだった。

「ただねえ、誰が虎を捕まえようとしてるのか、そこは分からなくて。ごめんなさい」

おかみ達は〝虎〟を捕まえようとしている者こそ、お夏の婿になろうとしている男だと、考えていた。

ただ煮売り屋のおかみは、変な話ではあると、小屋の床几に腰掛け首を傾げた。

「だって、何で捕まえるのが、虎なのかしら。虎なんて、日本にはいないそうよ。前に、見世物小屋へ虎を見に行った人が、大きな猫だったって言ってたわ」

居ない動物など、捕まえられないではないか。つまりお夏の婿には、なれないことになる。

「なのにどうして、虎を捕まえることにしたのかしらね」

お華が、二人のおかみへ声をかける。

「おかみさん達、虎の話は深追いしないでね。万一本物に行き会ったら、食べられちまうわ」

「おお、怖い」

おかみ達はそそくさと、小屋から帰って行った。

次に小屋へ来たのは、小助達だ。

「鳳凰《ほうおう》の尾羽根を手に入れたら、〝かぐや姫〟と添えるって噂話に、行き会ったんだ。仲間のお華追いが、仕事先で耳にした」

ただ、この話が囁《ささや》かれていたのは、両国ではなかった。お華追いの職人達が働きに出た先、上野の寺近くで聞いたことだったのだ。話を聞いた当人が、驚いていたという。

「鳳凰の尾羽根を誰が探してるか、そいつは摑もうとした。で、仕事先にいた坊さんへ、聞いたんだってさ。鳳凰を探してる男を、知らないかって」

御坊は笑って、神社になら居るかも知れないと、言ったという。

「神社神官さんが、事に関わっているのかね。とにかく噂のこと、お華へ伝えておくぞ」

「神社ねえ。とにかく小助さん、話を摑んでくれてありがとう」

しかし〝かぐや姫の物語〟に絡んだ話は、奇妙な噂にばかり繫がり、肝心の、事を競っている男達の姿が見えてこない。

「簡単には、分からないわねえ」

お華が考え込んでいると、三つ目の噂は大吉が、江戸橋の盛り場で摑んで来た。

「妙な話を聞いたんだ。小判を抱いた鼠《ねずみ》を獲《と》ることが出来たら、〃かぐや姫〃と添えるってことだった」

「あら、今度は鼠？」

鼠が小判を齧《かじ》るはずもなく、大吉はその噂に、面食らってしまっていた。

「鼠を探してる者が誰か、突き止めようとしたんだがね。鼠なら、猫の方が捕るのは上手《うま》いって言われて、さっぱり分からなかった」

大吉はとりあえずお華へ会いに、小屋へきたのだ。

「他のお華追いも、変わった噂は耳にしてるんだ」

食べれば死なねえ蜜柑《みかん》だとか、家のように大きな獣が出てくる、変な噂もあったという。大吉は月草の前で、思わず口をへの字にした。

「だけど、話に繫がってる男が誰なのか、とんと分からねえでいる」

お華はここで、今までの噂に出てきた、虎や鳳凰の尾羽根、鼠などを並べて口にすると、少し首を傾げた。

「ねえ大吉さん。今回〃かぐや姫の物語〃の真似をした人達は、割と並の品を、探しているのねえ」

「並の品だって？　華姫、虎や鳳凰が、か？」

「大吉さん、元の〝かぐや姫の物語〟では、貴公子達は、並の者が聞いたこともないような、お宝を求めてるの」

かぐや姫を嫁にするには、〝仏の御石《みいし》の鉢〟とか、〝蓬萊《ほうらい》の玉の枝〟とか、〝火鼠のかわぎぬ〟〝竜《たつ》の首の玉〟〝燕《つばくらめ》の子安貝《こやすがい》〟などという品を、見つけなければならなかった。

「凄すぎる品なの。あたしや長屋の人達が聞いても、どんな品だか分からない不思議な品なのよ」

探そうと思ったら、その品がどういう物なのか、まずはそこから調べるしかないと、お華は口にした。

「でもね、今回皆が、〝かぐや姫〟の噂と絡んでるって教えてくれた品は、違った」

驚くようなものではあったが……、名前も分からないような、ものではない。お華の言葉に、大吉も頷く。

「まあ虎くらい、皆、名は知ってるもんな」

鳳凰も、小判を齧る鼠も、捕まえてこいと山越の親分に言われたら、困るだろう。だが。

「神社に行けば、鳳凰は、絵があると思う。鼠は猫に追われてるな」

どうしてそんな代物が、〝かぐや姫〟の噂と絡むのだろうか。お夏に関係するのだろうか。大吉が眉《まゆ》をひそめると、お華は首を傾げつつ言った。

「多分……何が何だか分からないもんじゃ、手に入れるのに、困るからかしら?」

お夏の亭主になって、両国の盛り場で親分と呼ばれる為には、勝負に勝たねばならない。実際、得られない物ばかりを求めることにしては、勝負が決まらないのだ。

するると、自分でそう言ってから、月草とお華は顔を見合わせた。

「あれ？　ということは虎や鳳凰、小判付きの鼠まで、手に入る当てが、あるってことかしら？　食べれば死なない蜜柑も、家のように大きな獣も？」

今回の難関は、〝かぐや姫〟に出てくる貴公子が直面したのと、変わらないほどの難物に見える。だが。

「実は、違うのかしら？」

その時月草は、何かが引っかかった気がした。喉元《のどもと》までこみ上げてくる言葉があった。だが声にならず、月草はお華と共に黙り込んでしまう。

眉間に皺を寄せ、床几に座り込むと、その姿を、大吉が戸惑いの顔で見てきているのが分かる。だが、それでも言葉が出てこない。

「今、何かが気になってるんだ。けれど、ああ、分からねえ」

虎など、簡単には手に入れられないはずなのに、どうやって手に入れるというのだろう。鳳凰が、尾羽根をくれるのか。分からず頭を抱えていると、大吉が、鼠取りでも仕掛けてみるかと口にした。

「鼠に聞きゃ、分かるかも」

「大吉さん、ただの鼠じゃ駄目なんです。噂に出てた、小判付きの鼠じゃなきゃ、駄目なんだ。いや、そもそも鼠は喋《しゃべ》らないし」

そう言った途端、喉元に引っかかっていた言葉が浮かんでくる。

「そうだ、小判付きの鼠、こいつが変だったんだ！」

確かに虎は珍しい。鳳凰も、見つけたと言ったら、尾羽根だけで、皆は褒めるだろう。だが。

「どうして鼠を探すんだ？　しかも、小判を持ってるという」

考えられるとしたら、だ。

「奇妙な小判付きの鼠。それを探そうと言い出したものは、そいつがどこにあるのか、承知してたんじゃねえかね？」

だから難しいお題に見せかけて、鼠を探す物の中に加えたのだ。自分が勝つ為に。

「えっ、月草、そんなものが、どこにあるっていうんだ？」

「分からねえ……」

その時、小屋の裏から聞こえた声が、月草の考えや、大吉の問いを吹っ飛ばした。小屋へ、お華追いの一人がとびこんでくる。

「お夏お嬢さんが、〝かぐや姫の物語〟が好きか、聞いてきた男を見つけました」

お針の稽古《けいこ》へ行く為、通りを歩いていた時、目に入ったのだという。月草が、慌てて小屋から飛び出ると、何人かのお華追い達が、少し先の通りからやってくる男を追いかけていた。

腕の中で、お華がつぶやく。

「あれ？　あたし、どこかであの男の人、見たことがあるかもしれない」

だが、名は分からなかった。

「山越の縄張り内にいるけど、縁は薄い。そういう人なのかしら」

男が死にものぐるいで、月草達の前を駆《か》け抜けて行った。月草は咄嗟《とっさ》に大吉へ、お華を預けると、己も駆け出し、その男を追った。

5

しばし後のこと。

山越の屋敷で、月草は着替えの着物を借り、井戸端で身を拭《ふ》いていた。近くの堀川へ落ち、ずぶ濡《ぬ》れになったからだ。

おじじ殿が屋敷の濡れ縁に現れ、呆れた顔で、庭で体を拭く月草を見てきた。それで、正直に何があったのか伝えた。

「さっき、お夏お嬢さんが、〝かぐや姫の物語〟のことを聞いてきた男を、盛り場で見つけたんです」

お華追い達が捕まえようとしたが、男は逃げた。

「で、おれも途中から追っかけたんです」

堀端まで追ったとき、突然相手が止まった。話を聞く気になったかと、月草は思わず近寄ったのだ、すると。

「あいつ、いきなりおれの足を、払ったんですよ」

月草は堀へ、頭から落ちることになった。

「けれど今日は、お華を抱えていなかったんで。てめえで岸へ上がりました」

そして男は、月草を堀へ蹴《け》り落としている間に、追いついたお華追い達に、捕らえられていた。

男は、やはりというか、山越に関わりの者であったらしい。近くの小屋の者が、名を教えてくれたので、岸へ這《は》い上がった月草共々、山越の屋敷へ来ることになったのだ。

「そいつは小八《こはち》って奴でした。名は、おじじ殿ももう、承知のことと思いやすが」

「うん。濡れたおめえと一緒に来たお華追い達が、親分へ小八を突き出したからな。あいつは親分の手下の内、頭立った者が使ってる子分の一人だ」

「ああ、親分が直に使ってる、手下じゃなかったんですね」

それで月草もお夏も、男を知らなかったのだ。小八は四十過ぎの男であった。

「親分は、小八を使ってる若い上役を、屋敷へ呼びつけた」

そして二人へ、色々聞いているところだという。

「そしたら、他にも呼ばなきゃならねえ者が見つかった。今、そっちも呼んでるところだ」

おじじ殿はそう言った後、濡れ縁にしゃがみ込み、月草へ無情なことを言ってくる。

「月草、今は泳ぐのに、向いた季節じゃねえ。山越の手下と争う気なら、もうちっと、喧嘩《けんか》の腕を磨いとかなきゃな」

そしてだ。月草の小屋を預かる者として、おじじ殿は、更に一言付け加えた。

「おめえが堀へ落とされたんで、今日は小屋を休むことになった。月草、おめえ休みがちっと多すぎるぞ」

月草は、手ぬぐいを絞ってから、おじじ殿へふくれ面を向ける。

「芸以外の頼まれ事がなきゃ、こういう難儀にゃ、ならなかったんですがね」

おじじ殿が、そらっとぼけた顔で言った。

「小八は、お夏お嬢さんに〝かぐや姫の物語〟のことを聞いたと、白状した」

だが、お夏が名も知らぬような小者《こもの》、小八本人が、山越の婿の座を競っていた筈もない。

「小八は角上《かくがみ》っていう、大きな出し物を任せている男の、下で働いている。小八が次の親分に推してるのは、その角上だった」

山越の若手の中では、名が知れてきた男だそうだ。だから己の上役に、両国一の男になって欲しいと、小八は夢見たのだそうだ。

ここでおじじ殿が、口元を歪《ゆが》める。

「だがなぁ、角上が正五郎さんより、婿として上かって話になると、どうかねえ」

角上は、自分が使っている下っ端が、勝手に動くことを止められていない。

そして、角上には、これだけは正五郎より優れているという点もない。そこが苦しいと、おじじ殿は言う。

「このおじじにゃ、角上が次の親分になるとは、思えねえな」

月草は小さく頷いた。つまり小八も、頭では、次期親分は無理かもと思っていたから、焦って馬鹿をしたのかも知れない。

「やれやれですね」

その時だ。おじじ殿が、何やら測《はか》るような目で、月草を見てきたのだ。

話芸を見せている小屋内に居たのなら、そろそろ芸を切り上げさせようかと、思案しているように思えただろう。

(だけど、ここは山越の屋敷内だ)

この場で、あんな顔をされるということは……月草は、何か馬鹿をしたのかも知れない。考えに足りないところがあって、言うべきことを告げていないとも、考えられた。

すると、ここでは答えが直ぐに思い浮かび、月草はほっと息をついてから、話し始めた。

「小八さんは今回、〝かぐや姫の物語〟という言葉を、口にしてました」

つまり。

「小八の上役角上さんは、〝かぐや姫の物語〟に出てくる貴公子達のように、勝負を競ってた一人なんですね？　その勝負で一位になった者として、山越親分へ己を、売り込む心づもりだったんでしょうか」

「ああ、当たりだ。やっとそいつを言ったか」

おじじ殿はにたりと笑うと、お夏の婿になるべく、角上と競っていた者達の名を、角上が山越の前で喋ったと告げた。月草達が調べ上げるより先に、親分を目指している者達の名が割れていたのだ。

「だが小八を捕らえたのは、お華追い達だ。親分は、幾《いく》らか渡すと言ってなさる。月草、おめえが上手く分けてやれ」

「これは、ありがとうございやす。皆も、喜びます」

お華追いには、体を張って稼いでいる、職人や火消し達が多い。余分な銭が入ったら、酒でも飲めると喜ぶに違いなかった。

「その代わり、また何かあったら、よろしく頼む。今回は早めに事が終わったが、いつもこう、上手くいくとは限らねえからな」

おじじ殿はそう言った後、縁側で、貴公子五人に己をなぞらえた、五人の男らの名を口にした。

「山越の手下が、二人いた。どちらも名を揚げてきていた若手で、角上と吉之助《きちのすけ》だ」

両名は今、屋敷へ呼び出されている。既に、山越から雷を落とされ、うなだれているらしい。

「残りは三人だ。角上によると、一人目は上野広小路《ひろこうじ》辺りの、親分の弟だ」

名は、忠一《ちゅういち》というらしい。

「二人目は、広二《こうじ》という。江戸橋にいる親分の子だ」

江戸橋の親分は、船宿を幾つも配下に置いており、縄張りは狭いものの、力と金はあるという。

「三人目は、七三《しちぞう》。親は検校《けんぎょう》で、金貸しをしている。裕福なこった」

正五郎が、婿の座から滑り落ちたことで、山越以外の三人が、両国に色気を出してきたのだ。角上と吉之助は、よそ者にお夏を取られてはたまらないと、張り合ったらしい。

月草は井戸端で、借りた着物を羽織ると、おじじ殿へ、つい一言、言ってしまった。

お夏が事に関わっているから、月草は放っておくことも出来なかった。だから。

「山越親分は跡取りの話を、早めに決めた方が、良いんじゃねえですかい？」

そう伝えたのだ。

「こんなこと、おれが口にすることじゃ、ねえってことは、分かってるんですが」

するとおじじ殿が、その言葉を撥《は》ね付けず、月草へ顔を向けてきた。

「ほう。月草、ならばおめえは誰を、次の親分に推す気でいるんだい？」

「まだ決まっていない、お夏お嬢さんの婿殿ですね。そいつは変えられねえ話だと思ってやす。ただ、です」

しばし仮の跡取りを立てることが、出来ないかと思っていた。

「例えば、山越の実子である春太郎さんに、頼むのはどうでしょう。妹御の為に、仮の跡目になってもらえねえでしょうか」

後、二、三年の話だ。お夏が年頃になったら、必ずきちんと婿を決め、その男に盛り場を託すからと、春太郎へ頼むのはどうだろう。そういう期限付きの話なら、春太郎とて妹の為、跡目の役を引き受けてくれるかもしれない。月草は、そう考えてみた。

するとおじじ殿が、何故だか引きつった顔で笑う。眉間に皺を寄せた顔に、迫力があった。

「月草よう、おめえは考え無しなんだな」

「へっ？　あのぉ」

「仮だろうが、なんだろうが、跡目を名のったら、皆は春太郎さんが、この両国の親分になりたいんだと承知する」

春太郎は、山越親分の実の子であった。

「口でどう説明をしようが、二、三年の後に、春太郎さんがこの地から引くなんて、誰も思わねえよ」

だから春太郎は両国で、試されることになる。

「この地にいる者達から、喧嘩を吹っかけられるぞ。歩いていただけで、堀川へ突き飛ばされるかもな」

金をがっぽり稼げるか、大枚が使える男かも測られる。おなごも近づいてくる。それら全てを、いずれ両国の盛り場を仕切る者として、上手くさばかねばならないのだ。己の力で、生き残ることが求められた。

「両国の町を、己一人で歩くことも出来ねえ親分など、誰も認めねえ。そういうものなんだよ」

その点、山越が先代の養子に入った時は凄かったと、おじじ殿は話した。両国の地で長く過ごしていた山越は、跡取りにと望まれた時、皆が己を〝お試し〟すると承知していたらしい。

「で、若い頃の親分は、思い切りやり返してたな。いやぁ、遠慮もなかった。堀へ落とされたら、落とし返す。そんな感じだったね」

喧嘩慣れしているだけでなく、山越は決断が早く、判断が良かった。先代が見込んだだけの、男であったのだ。

その内、山越を狙えば、己が狙い返されることを、皆が知った。金の扱いにも、納得した。それでか、山越へ向けられる無謀は、止《や》んでいった。山越は親分に相応しいと、認められたのだ。

「だがねえ、町屋育ちの春太郎さんじゃ、そうはいかねえだろ」

早々に負け、あの世へ行ってしまいそうであった。

「落ちた堀から這い上がってきた、月草よりも、持ちが悪そうだ。おめえ、あのお人を、仏にしちまう気かい？」

「おじじ殿、勘弁して下せえ」

月草の、泣き言のような声が続く。

「山越の跡取りになるって、恐ろしい話なんですね」

この先いつか、お夏の婿に決まる者が、月草には、少々気の毒に思えてきた。

「おじじ殿、春太郎さんに頼むのが無理なら、どうすりゃいいんでしょうか？」

「そいつが分かれば……とっくに親分が動いてらぁ」

「やっぱりお夏お嬢さん、大変な立場になっちまいましたね」

お華の言葉は、どうやら早々に、本当のことになっているのだ。

だが、それでもお夏は急に、三つも年を取ってくれない。すぐに年頃の娘になることは、無理であった。

6

おじじ殿は言いたいだけ話すと、山越の部屋へと消えた。するとその後、大吉が、預かったお華を、山越の屋敷へ送り届けてきた。

お華は月草の長屋にも、小屋にも一人で置いておけない。それで山越の屋敷に、しばし置いてもらおうと思い立ったらしい。

屋敷の井戸端で月草の顔を見つけると、大吉が寄ってきた。お華が屋敷へやってきたからか、その後ろにお夏の姿もあった。

「月草、ここに居たのね。堀川へ落ちたって聞いて、気を揉《も》んでたの。大丈夫だって、お華追い達が言ってたけど」

月草は大吉へ礼を言い、自分が追っかけていった男、小八が捕まったことを告げる。そして二人へ、おじじ殿から聞いた、詳しい事情を話した。

「つまり小八は、己の上役角上さんを、お夏お嬢さんの婿にしたいと、勝手に動いてたんです。ええ、それには訳があった」

上役の角上が、余所の者と、無茶な競い合いを始めたことを、小八は知ったのだ。井戸端で大吉が、口をへの字にした。

「つまり、月草の考えは、きっちり当たってたんだ。今、五人の男が、お嬢さんの婿の座を争ってるってことだよな」

「あらま、あたしを知らない人まで、婿になりたいって言ったの？」

お夏が驚いていたので、物語の貴公子になぞらえる為、わざと五人、仲間を集めたのかもしれないと、月草は考えを語った。

「貴公子達と、同じ勝負をするってぇのは、恰好良《かっこう》いですからね」

するとと競っている当人達だけでなく、事情を耳にした周りの者達も、自分の頭がお夏の婿に選ばれるか、気を揉んだのだ。小八は、己の頭が頑張ったら、お夏の心に響くだろうかと、それを聞きたかったのかもしれない。

お夏が、少しばかり不安げな顔になったので、月草がにやりと笑う。

「〝かぐや姫の物語〟の中に出てくる五人の貴公子達は、姫から出された難題に立ち向かいました。でもねえ、全員失敗して、かぐや姫に振られてやす」

だから気に入らない男がいたら、かぐや姫と同じように、さっさと振ってしまったらいい。月草はお夏へ、そうけしかけた。お夏はまだ若い。山越が縁談を、まだ考えられない程に若いのだ。

「あら、そうしてもいいんだ。なら大丈夫ね」

お夏は笑い、大吉がほっとした様子で、お華を月草へ戻す。すると、相棒の腕の中へ戻った華姫は、直ぐに身を動かし、明るい声で語り始めた。

「ああ、やっと喋れるわ。月草ったら、あたしを置いて、両国の盛り場へ走り出しちゃったんだもの。酷《ひど》い相棒よねえ」

お夏が嬉《うれ》しげな顔を見せた。

「やっぱりお華は、話してる方がいいわ」

お華が、お夏の髪へ手をやる。二人は嬉しそうに見えた。

「とにかく、おとっつぁんが事情を掴んだのよね。なら、〝かぐや姫の物語〟の騒ぎ、やっと終わるかなぁ」

「ええ、後は出来る男、山越の親分が、そりゃ上手く、片付けてくださるわ」

お華が明るく語る。山越は、両国の盛り場にも、そこで暮らす者達にも、安心を与えてくれる親分であった。今の両国は、暮らしていくのが、大層楽な場所なのだ。

(それを続ける為に、皆は次の親分選びに、そりゃ慎重になってるって訳か)

月草が目を細める。この地を預けられる次の親分は、それは大変に違いない。

(そんな役目を引き受けてるなんて、山越親分は、ありがたいお人なんだな)

そして正五郎や、今回関わった五人の男達が、その役目を継ごうとしたことに、月草は驚いているのだ。

(この月草は、親分になりたいなんて、欠片《かけら》も思わねえや。大変すぎる)

自分でも情けないと思うものの、月草を親分にしたいと思う者もなかろうから、丁度良い話であった。こっそり笑ったその時、井戸端へ手下の一人が来て、お夏を山越の部屋へ呼んだ。

「何でも、角上さんと吉之助さんが、お嬢さんへ謝りたいことがあるそうで」

山越はついでに、月草も呼んでいると、手下から言葉があった。月草へは小八が、頭を下げたいと言っているらしい。

「へえ、ついでの者が、めえりやす」

「あら月草ったら、拗《す》ねてるの？　ついで扱いは、いつものことじゃない」

大吉と別れ、屋敷の奥へと向かうと、覚えのある主《あるじ》の部屋が目に入ってくる。お夏が、さっと父親の側《そば》へ座ると、山越は娘へ笑みを向けた。

おじじ殿の傍らには角上と吉之助がいて、揃ってお夏へ深く頭を下げた。

「正五郎さんが幼なじみを嫁に取ると、噂が出た後のことです。祭りの件で集った時、名を揚げてきた余所の若《わ》けえ奴らが、思わぬことを言い出しましてね」

正五郎がお夏の婿にならないのなら、自分が代わりに名のりを上げたい。上野の忠一が突然そう言い出し、それに江戸橋の広二と検校の息子七三が、自分もと続いたのだ。

「余所の者に、両国を仕切られるのは我慢ならねえ。この角上と吉之助も、名のりを上げちまいました」

その行いを、お夏や山越がどう思うか、その時は考えもしなかったと、二人は正直に言った。そして今日、その話を知ると、山越は二人へ、特大の雷を落としたのだ。

「確かに親分は、正五郎さんに嫁をもらえと言ったようです。しかしおれ達二人は、あの正五郎さんにも劣ると、はっきり言われました」

情けなさと、親分の拳固の痛みが、今、二人を包んでいると言う。ここでお華が思わず、山越を見た。

「親分の拳固、痛そうね」

「痛いように殴ったのだ。あたりめえだ」

するとお夏がもういいからと、父親をとりなす。事が終わってしまえば、後は話を長引かせない方が、気が楽だと言ったのだ。

「そうか……うん、まあ、そうだな」

「お嬢さん、もう馬鹿はいたしやせん。申し訳ありませんでしたっ」

角上と吉之助がもう一度謝り、その後、小八が、堀へ蹴り落とした月草へ頭を下げた。

〝かぐや姫の物語〟が関わった騒動は、終わりにするかと、ここで山越が口にした。

皆が、ほっと息をつく。これで終わりだと、皆が笑みを浮かべたのだ。

だがその時、お華が首を傾げ、山越の方へ顔を向けた。

7

「ねえ親分さん。お夏っちゃんの婿になりたいって言ったお人は、五人いたのよね？」

そして角上達は山越の者だから、もちろん親分の言うことは聞く。だが。

「後の三人には、親分に従う義理はないもの。この勝負、素直に終わるかしら」

山越は、お華の顔を覗《のぞ》き込んだ。

「あのな、お華。おれはお夏の父親だ。どんな勝負をしようと、おれが否と言ったら、山越の婿にゃなれねえ」

　つまり、このまま勝負を続けても、三人には何の益もないのだ。

「無駄なことは、しねえだろうよ」

　お華はまた首を傾げる。

「勝負に勝てば利はあると、お華は思うんだけど。一番になった話を、例えばよみうりに書かせて、世間へ広めることが出来るし」

　そうすれば勝った者は、近在の者達の中で、飛び抜けた若者だと、皆は考えるだろう。山越だとて、名を覚える。今は無理でも、先々本当に、両国の親分として迎えられるかもしれないではないか。

「そう考えたら、勝負は止めない気がするけど」

　何しろ五人の男達は、並では手に入れられないようなものを、得る算段なのだ。本当に虎などを捕まえたら、確かに凄い。

「何なんだ、虎って？」

　問われて、お華が親分を見つめた。

「あら、急に一件が終わることになったんで、角上さんはまだ、親分へ話してなかったの？　貴公子達は姫の婿になる為、得るのが難しいものを、手に入れようと競ってた。江戸の五人も同じような勝負をしてるの」

　月草達は、勝負を始めた五人の名前より先に、五人の男達が何を得ようとしているかを、摑んでいたのだ。

「お華追いさん達の摑んだ話によると、それは虎、鳳凰の尾羽根、小判を抱いた鼠、家のように大きな獣、食べれば死なない蜜柑だった」

「……妙なものを、集めることにしたんだな」

山越が首を傾げると、角上と吉之助が顔を見合わせ、頭を掻いて言った。

「勝負を始めた五人は、互いにお題を出し合ったんです。おれが探すことになったのは、食べれば死なない蜜柑でした。吉之助は、家のように大きな獣に決まった」

角上は、その蜜柑について調べた。物知りに尋ねてまわり、それは非時香菓《ときじくのかくのこのみ》だろうということまでは、分かったという。

「そいつは不老不死の薬なんだそうで。おれは未だに、手に入れてません」

吉之助も、桁《けた》はずれて大きな獣の名は摑んだ。それは〝象〟という、以前日《ひ》の本《もと》へも、来たことがある、外《と》つ国《くに》の獣であったのだ。

「ですが、今、日の本にはいないそうで」

つまり失敗したと、吉之助は眉尻《まゆじり》を下げる。

「後は、虎と鳳凰の尾羽根と小判付きの鼠か。他の三人も、手に入れられるとも思えんな」

つまり五人とも、失敗するに決まっている。山越がそう言うと、角上達は頷く。

だが。ここで月草は、お華と見合った。

「あのぉ、他の三人は……少なくとも三人の内の誰かは、上手くやると、おれは思いやすが」

「なんでだ？」

角上と吉之助の声が揃う。月草は、その三つは、手に入る物だからと、はっきり言った。

「不老不死の薬や、もう日の本にいない獣を得るのは、無理です。でも他の三つは、何とかなりそうなんですよ」

月草は少し前から、もしかしたら余所の三人が、山越の手下二人を嵌《は》め、自分達が目立とうとしているのではないかと、思いついていた。

西にある見世物小屋のことを、思い出したからだと語った。

「本物かどうか怪しいんですが、西で虎の見世物をやってると聞いたことがあるんで」

見世物に出ているなら、得ることも出来るだろう。そして鳳凰だがこれは居場所がはっきりしていた。

「神輿《みこし》の上に、おわしますよね？　つまり、作る者がいるってことだ」

ならば鳳凰の尾羽根は、金を払えば手に入るに違いない。

「尾羽根というところが、味噌《みそ》ですね。鳳凰そのものなら、生きていて飛ばないと、偽物だと言われそうです。ですが尾羽根なら金細工でも、これが本物だと言い張りゃ、押し通せそうだ」

月草がそう言うと、角上が顔色を変えた。

「そういえば鳳凰の尾羽根を探すのは、金貸し検校の息子、大金持ちの七三でした」

ただ〝小判を抱いた鼠〟は、どう考えたら良いのか、月草には今も分からないでいる。

それで山越へ直ぐに、疑いを言えずにいたのだ。

「もし、〝小判を抱いた鼠〟が、日の本にはいないものなら、角上さん達が嵌められたってぇのは、おれの考え過ぎかもしれやせん」

ところが、その件に答えを出した者が、部屋の内にいた。何とおじじ殿が、〝小判を抱いた鼠〟を知っていたのだ。

「まさかあれが、お夏お嬢さんの話に関わってるなんて、思いもしませんでした」

だがその鼠のことは、両国ではおじじ殿以外にも、知っている者が結構いるだろうという。それは。

「親分、両国東岸の回向院近くに、強突《ごうつ》く張《ば》りの金貸しがいるってことを、ご承知ですか。ええ、ええ、あの赤丸《あかまる》のことです」

赤丸は以前、金を返せなかった男から、代わりに根付けを巻き上げたことがあるという。大層良い品で、鼠が小判を抱えている、ころりと丸い根付けであった。

「湯屋の二階で自慢げに、見せていたことがありやして。はい、覚えてます」

あの赤丸から、お気に入りの根付けを取り上げるのは難儀だろうと、おじじ殿は言う。ただ虎や鳳凰を得ることより、楽に違いなかった。角上、吉之助も頷く。

「不老不死の薬や、日の本にいない象を求めるよりゃ、断然楽ですね」

お華がここで、腕を組んだ。

「端《はな》から山越の者以外が、勝つ算段だったってことね。つまり三人とも、結構本気で親分になりたいんだわ。お夏っちゃんの気持ちなんか、考えたこともないのね」

ならば、やっぱり誰も、ここで引きはしない。上野や江戸橋の親分達、それに金貸しも、息子らを励ましているに違いない。幾らか渡して引かせることも、多分無理であった。

「親分、こんな話が、出てきちゃったわよ。これからどうするの？」

皆の目が、山越へ集まる。山ほど試された後、両国の親分に相応しいと、皆に認められた男は、怖い顔つきになった。

そして、とんでもないことを言ったのだ。

「まず、お夏へ言っておく。今回、虎や鳳凰の尾羽根を持ってきた者が出ても、おれはそいつを婿とは認めねえ。おれが承知して始めた競い合いじゃ、ねえからな」

山越は身勝手なやり方に、振り回される気はないのだ。

「良かった。おとっつぁん、嬉しいわ」

「次に、残った三人の競い合いだが。三つの内、どれか一つでも手に入れる者が出るか、おれは見てみようと思う。よって止めねえ」

「えっ？」

「角上、勝負の期限は、いつだ?」

「今月の末です。そこまでに誰も決まった品を得られなかったら、勝負はお流れと決まってやす」

「なら月末までに、虎などを持って、この山越へ来る者がいたら、おれは会おう」

今回山越の手下は、余所の三人に、あっさり出し抜かれている。ならばその三人の器量はどれ程なのか、知りたいとのことであった。

お華が急ぎ、親分へ念を押した。

「親分、誰が勝っても、お夏っちゃんとは縁組みさせないのね? それ、本当ね?」

「本当だ」

親分の山越が、後は勝手にさせると決めたのだ。そして娘も守ると言うのなら、誰も文句を言う筋合いではなかった。事はそのように、決まった。

しかし、だ。何となく不安を感じたのか、お夏もおじじ殿も黙ってしまった。すると、いささか居心地が悪かったのか、山越は自分の部屋から消えてしまう。

お夏が不安げな顔を変えないので、お夏が不安げな顔を変えないので、大丈夫だと、ここでお華が慰《なぐさ》めることになった。

すると、なぜ大丈夫なのかと、角上と吉之助が問うて来る。お華は笑いを含んだ声で、答えることになった。

8

月初めになった。すると季節の挨拶だと、佃島《つくだじま》の漁師から、魚の干物が山と届いたので、山越は酒を飲むことにした。ただ、首を傾げてもいた。

「手下の誰かが、漁師の手助けでもしたのか？　まあ、ありがたいこったが」

一人で酒盛りはつまらないだろうと、おじじ殿が、気楽な客を呼んだ。厄払いをしたらいいと、山越の手下、角上と吉之助を酒の席へ呼んだのだ。二人は先に、余所の若手から、酷い目に遭わされていた。

そしておじじ殿は、お夏も干物が好きであるから、月草とお華も呼んで、皆で話芸を楽しもうという。

山越が、にやりと笑った。

「昨日が月末だ。虎も鳳凰も鼠も、山越へは来なかったな。そのことを、関わった面々で祝おうって腹だな」

それもいいと親分が承知したので、宴会となった。すると何故だか、屋敷の庭にも七輪が沢山並び、そこで干物が焼かれたのだ。

「そんなに焼いてどうする気だ？」

山越が目を見張っていると、何とお華追い達や、おかみらまでが庭へ現れ、焼けた魚を貰っていく。

「親分、前に約束して下さった褒美の金子《きんす》、今日頂けますか。皆はそれで酒を買って、干物で一杯やると言ってやす」

「お、おう。いいぞ」

すると用意していたらしく、おじじ殿が金を渡す。お華追い達は明るく礼を言うと、これから長屋の路地に床几を並べ、皆で楽しむと言って消えた。

あっという間に大勢がいなくなると、山越は残った者達を見て、首を傾げ始めた。

「今日は、ただの酒の席じゃねえのか？　おじじまでが、何か承知しているみたいじゃねえか」

するとだ。お夏、おじじ殿、角上、吉之助、月草、お華の中で唯一、美味《おい》しい干物を食べられない木偶《でく》人形のお華が、事情を話すと言い出した。

「皆さんは食べて飲んで、楽しんでて。月草も、話せるなら食べてもいいけど……ああ、やっぱり無理よねえ」

そして魚と酒を前に、お華が語り出した。

「今日、山越へ干物がどっさり届いたのには、訳があるの。親分さん、もちろんそれは、月末が期限だった〝かぐや姫の物語〟の勝負と、関わりがあるのよ」

お夏に不安を抱かせた話であった。角上達手下を嵌めた、腹の立つ三人の勝負でもあった。

「三人は月末、決められた品を持って、山越へ来ることが出来なかった。ええ、それには仕方がない事情があったの」

お華は滑らかに頷く。

「まず、上野の忠一さんが狙っていた虎だけど」

上野の広小路は華やかな盛り場で、両国の盛り場と同じく、見世物小屋が並ぶ。お華追い達が聞いて回ったところによると、そこに虎を見せる小屋も来ると、前から決まっていたようなのだ。

お華追い達には、左官や大工が大勢居るから、あちこちの普請場へ出かけ、顔が広い。知り合いも多くいたから、つてを辿《たど》り、話を得ることが出来たのだ。

「つまり、虎が上野へ来るって分かってたから、忠一さんは他の三人と語らって、虎を得ることを、勝負に加えたんだと思う。当てがあったからよ」

だがお華は忠一に、虎を得て欲しくはなかった。大事な友お夏と卑怯《ひきょう》な男に、毛筋一本の縁《えにし》も、出来て欲しくなかったのだ。それで。

「本当に虎が上野に来るのか、来るとしたらいつか。お華追いの兄さん達に、虎の一座のことを、調べてもらったの」

すると驚く秘密が、一座にあると分かったのだ。

「何と、これから上野へ来る虎は、大きな猫だっていうのよ」

西で興行を打った時、よみうりがそのことを書き立てたので、一座は急ぎその地を離れて、江戸へ向かったらしい。小屋に音曲を流し鳴き声を誤魔化《ごまか》して、今までは虎で通してきたという話だった。

「でね、このお華は、まがい物の虎を抱えた小屋主へ、真実を教えることにしたの」

お華追い達を通し、文を送った。

「山越の親分へ、虎だと言って猫を見せたら、大事《おおごと》になるわよって伝えたわけ」

小屋主の知らないところで、今、虎を賭《か》けた勝負が行われているのだ。既にその件の為、人が堀川へ蹴り落とされていると知ると、小屋の者達の顔色が、変わったという。

「そしたらね、虎が急に、死んでしまったんですって。猫は今も、飼ってるみたいだけど」

見世物が出来なくなったので、小屋主達は江戸へ来ないことになった。

「それで忠一さんは、虎を山越へ連れてくることが、出来なかったのよ」

一人、脱落した。鰺《あじ》の干物を食べつつ、角上達が頷く。

「親分、次は、鳳凰の尾羽根を持ってくる筈だった、七三さんだけど」

検校の子は、至って分かりやすい方法で、鳳凰を得ようとしていた。月草達が考えたように、神輿の天辺《てっぺん》にある、鳳凰に目を付けたのだ。それを作った細工職人に、尾羽根を作ってくれと頼んだ。

「生きている鳳凰なんて、誰も見たことはないもの。だから本物の鳳凰も、神輿に付いている鳳凰、そのまんまだと言い張ることにしたのね」

この方法であれば、間違いなく月末までに、羽根が手に入るはずであった。

「ところが、そうは問屋が卸さなかったの」

何故だろう、子犬が職人の部屋へ入り込み、羽根を踏んづけ、端を折ってしまったのだ。職人は作り直すと言ったが、それでは期限に間に合わない。

「七三さんが、どんな羽根でもいいから寄越せと言ったものだから、職人さんと喧嘩になった。職人さんは自分の作ったものに、誇りをもっていたの」

それで職人は七三へ金を叩《たた》き返し、もう羽根は作らないと言ったのだ。値上げをしたが、二度と引き受けてはもらえなかったらしい。他へ頼むのでは、間に合わない。

「それで鳳凰の羽根は、ここにないわけ」

「お華、子犬は無事かい？」

「親分さん、もちろんよ」

最後の一人、広二は、小判を持つ鼠を手に入れる筈であった。

「その品を持ってる赤丸さんは、高利貸し。つまりお金が大好きなお人なの」

だから金を積めば、鼠は手に入る筈であった。広二は自分が一番簡単に、品が手に入ると思っていたのだ。ところが。

「ここに来て急に、赤丸さんが独り者なのを、心配したおかみが現れたの。おかみさん達は、縁談をまとめるのが好きなのよ」

ここで顔見知りのお華追い達だけでなく、何故だか山越の手下達までが手を貸し、赤丸が頷く話がないか、探し回ったのだ。

「すると、思わぬ話に行き会ったの。赤丸さんは若い頃、佃島近くに住んでた。そこで、漁師の娘さんを好いていたんですって」

しかし赤丸は漁師ではなかったし、そもそも貧しかった。娘を嫁に貰うことなど出来なかったのだ。

「赤丸さんは、その後独り身を通した。そしてね、相手の方だけど、旦那《だんな》さんを亡くして、お子さんを抱え、今、大変そうだったの」

漁師である兄の家に、置いてもらっていたが、肩身は狭いだろう。

すると漁師の娘の今を知った、お華贔屓のおかみが、ここで動いた。仲人《なこうど》になろうと思い立つと、おかみ達のつてを辿り、赤丸へ縁談を持ち込んだのだ。

今の赤丸は、金を持っている。その上、漁師の娘の子供も、一緒に引き取りたいと伝えた。出来れば跡取りにしたいという赤丸の言葉を聞くと、急に良縁が降ってきたと、漁師の兄は喜んだという。

「ところが、よ。そんな目出度《めでた》いお話の最中《さなか》に、赤丸さんへ、要らない話をしたお人がいたんですって」

何でも鼠の根付けを買いたいとか、言ったという。しかしだ。

「赤丸さんは、嫁取りの支度で大変な時だった。だから根付けのことなんか、構っている間は、なかったのよ」

だから昨日山越の屋敷へ、小判を抱いた鼠の根付けが、来ることはなかったわけだ。

「今回は〝かぐや姫の物語〟をなぞって、勝手に勝負を始めた御仁達が、いたみたいだけど。結局、誰も勝てなかったの」

お夏の気持ちなど、欠片も考えなかった報いだろう。お華がそう言い切ると、山越が頭を掻いた。

「なるほど。おめえらは、そういう話に持っていったのかい。大勝負をしたあげく、勝った者は、なしとなったのか」

佃島から、縁談をまとめたおかみ達仲人へ、干物が山と届いた。おかみ達は、月草が筋がきした話だからと、自分達だけで受け取ることは、しなかった。

月草はおじじ殿と話し、皆が食べられるよう、山越の屋敷で魚を焼き、それを皆は今、楽しんでいるわけだ。金貸しの赤丸は、やっと添えた女房を、大事にしているという。

「目出度し、目出度しだわね」

山越は、お華を抱えている芸人月草を、黙って見据えてくる。するとお華が、少しばかり笑うような声を山越へ向けた。

「親分さん、今回、あたし達は役に立ったのかしら。そうだったら嬉しいわ」

ただ。ここでお華は、山越を見つめ返した。

「月草は自分一人じゃ、皆を動かせなかったの。昔っからそうだけど、このお華がいないと、食べていく為のお金も、稼ぐことが出来ない人なのよ」

だから芸人としてだけでなく、これからは山越の手下として、月草を使おうかという考えは、きっぱり捨てた方がいい。お華は笑うような声で言った。それは〝まことの華姫〟に、都合のいい真実だけを求めるのと、似ている事なのだ。

「月草の相棒であるお華は、真実の目を持ってるのよ。迷惑な真実を言ったら、親分が狼狽《うろた》えることになるわ」

「やれやれ、おれは月草を手下にするなんて、言っちゃいねえのに」

「そうなの？　良かった」

手下達の分の魚を焼く、美味しそうな匂いが、山越の屋敷内に満ちて行く。お華は話を終え、お夏は喜び、山越親分や手下達は、何やら考え込んでいる様子だ。

月草は、とりあえずほっとしていた。だが、山越の屋敷に集った皆は、そのあとのお華の言葉を聞くと、すっと身に力を込めることになった。

「お夏っちゃん、お婿さんが決まるまで、まだまだ用心よ」

〝まことの華姫〟の真実の言葉は、暫く気が抜けないと、明日からの厄介な日々を告げてくる。お夏は素直に頷いたが、山越は一瞬、渋い顔になった。

悪人月草

1

隅田川に架かる両国橋の、両岸の橋詰めには、江戸でも一と言われる盛り場が広がっている。

沢山の小屋や、芸人達や、奇麗な茶屋娘などが、元々火除《ひよ》け地であった広い一帯で、待っているのだ。客達は、見世物《みせもの》や数多《あまた》の食べ物を好き放題選び、それは楽しい一時を過ごすことが出来た。両国には人も、金も、喧嘩《けんか》も、欲も、奇麗なおなごも、山のように集まり、入り乱れているのだ。

そしてそういう、胡散臭《うさんくさ》さをまとった地で、親分の名を背負っている一人が、山越であった。

山越は、数多の配下と金と、土地柄の黒い噂《うわさ》を山と抱えつつ、両の足で踏ん張り、立っていられる男であった。娘のお夏が若く、婿として迎えるはずの跡取りが、まだ決まっていないことが玉に瑕《きず》だが、山越は頼りがいのある親分なのだ。

するとあるとき、その山越と、抱えている芸人のことで、盛り場に噂話が流れた。

「聞いたか？　話芸を見せている月草が、山越の親分を、陥《おとし》いれようとしてるらしいぞ」

危うい話だと、両国の小屋で働く者や、芸人達が囁《ささや》く。しかし、それを聞いた多くの者達は、首を傾《かし》げもしたのだ。

「月草が、山越の親分に、刃向かう気だって？　あのひょろりとした男が、どうやって？」

噂を聞いた軽業師《かるわざし》の一人が、両国の小屋の内で、友へ問うた。

月草は、山越が持つ小屋の一つで、話芸を見せている芸人であった。芸人にしては少々地味な若者だが、月草は、口を動かさずに喋《しゃべ》るという芸が出来るのだ。

その上、相棒である木偶《でく》人形のお華は、まことを見通せる、水の眼《まなこ》を持つと言われている。だからか二人の小屋には、毎日、多くの馴染《なじ》み客達が通ってきていた。

そんな月草の名が、剣呑《けんのん》な噂と共に語られているのだ。だが月草は、腕っ節でも口でも、どう考えても山越に敵《かな》いそうもなかった。

「山越の親分に刃向かったら……月草は手下達に、隅田川へ放り込まれそうだな。明日《あした》にはきっと、棺桶《かんおけ》の中だぞ」

「そうだよなぁ。月草は墓代、持ってるんだろうか」

「さあ。〝まことの華姫〟に、自分の墓代を貯めとけって言われたら、月草の奴、泣き出しそうだが」

「影の薄い奴だからな。つまりだ、あいつが、馬鹿な事をするって話は嘘《うそ》だろう」

何で月草に、そんな噂が出たのかと、軽業師達は顔を見合わせる。すると居合わせた木戸番の若い者が、月草の小屋に、岡《おか》っ引《ぴ》きの客が来ているからだろうと口にした。

「小住《こずみ》って親分だ。ほれ、あいつだよ。先に山越の親分へ、馬鹿を言ったっていう、大《おお》河内《こうち》同心《どうしん》の岡っ引きだ」

「ああ、あの阿呆《あほう》！」

その阿呆が華姫を贔屓《ひいき》にして、小屋へ通っていたので、相棒の月草が、噂に巻き込まれたに違いない。納得した軽業師達は、月草も災難だったなと、苦笑を浮かべ首を振った。

「しっかしさ、大河内同心は、己の岡っ引きが山越の親分に絡んだことを、承知してるのかね？」

それとも……まさかとは思うが、岡っ引きの無謀は、大河内同心の意向でもあるのだろうか。軽業の小屋の内は、芸人達のひそひそ声に包まれていった。


月草の妙な噂話が囁《ささや》かれる、少し前の事。両国の親分山越は、本所《ほんじょ》方同心、大河内が使う岡っ引きから、思わぬことを言われた。

手下達を連れた山越が、両国橋の袂《たもと》にある船着き場から、己の屋敷へ向かっていた時のことだ。二十歳を出たくらいの若者が、道端から、山越へ声を掛けてきたのだ。

相手が両国を仕切る大親分だと、承知していたらしい。若者は頭を下げ、きちんと挨《あい》拶《さつ》をしてきたが、手下達が周りにいても、臆《おく》する様子を見せなかった。

「山越の親分さんよう、おれは岡っ引きで、小住と言いやす。この辺りの頭《かしら》に、ただの岡っ引きが、いきなり話しかけるなんて迷惑かもしれねえが、ちょいと話を聞いてくんなせい」

「おや、見ねえ顔だな。へえ、本所方の、大河内同心の新しい岡っ引きかい。で、何の用なんだ？」

山越は岡っ引きと聞いても、へりくだりはしなかった。だが強くも出ず、ただ、落ち着いた声を小住親分に返す。

すると小住は迷う様子もなく、町奉行所の事情を、山越へ語り始めた。

「実は、本所方与力《よりき》の中林《なかばやし》様が、近々隠居なさるという話でして」

本所方は、町奉行所の与力一名、同心二名が勤めるお役目であった。隅田川の東、本所や深川《ふかがわ》では、普請奉行や勘定奉行などが仕切る以外の、町の細々したことは、本所方が受け持っている。町民達の日々の暮らしに、大きく関わる、力を持つ者達であった。

よって次の本所方与力に誰がなるか、今、噂になっているらしい。

「おれの旦那《だんな》、大河内様は、本所方同心のお一人で、三十そこそこで働き盛りだ。腕の良い方でもありやして」

だから小住親分は大河内こそが、次の本所方与力に相応《ふさわ》しいと思っているという。

「だがねえ、本所方同心は二人いるんですよ。もう一人の山下《やました》同心も、気配りが出来て使えると、評判の良い方でね」

　山越が笑って頷《うなず》いた。

「おお、そうだな。そしてな、いかに評判が良くても、同心から与力に出世するのは、本当に難しい。まれな事だと聞いてるよ」

　つまり次の本所方与力は、奉行所内にいる与力が、お役目を移ってなるだろうと、山越はあっさり言った。

　山越の縄張りは、両国橋の西側にあるが、両国の盛り場は、橋を渡った東側にもある。山越は、本所方の与力が替わるという話を早々に摑《つか》み、明日を読んでいたのだ。

「盛り場の親分と本所方与力や同心達は、長年、上手《うま》くやって来てる。次の与力の旦那とも、きちんと付き合いたいからな」

　すると小住親分はここで、小生意気な顔を山越へ向けてきた。

「ええ、ええ、親分の言われる通りだ。このままだと、町奉行所にいる与力の誰かが、本所方与力に、お役替えとなりやしょう。うちの旦那が出世なさることは、無理だ」

　だが、その無理を何とかしたいと、小住親分は願っているのだ。その為に動く気だと、岡っ引きは語った。

「ここで大河内の旦那を、与力に押し上げることが出来りゃ、おれは大河内家の、中間《ちゅうげん》になれるかもしれねえ。それが駄目でも、後々、店の一軒も持たせてもらえやしょう」

与力、同心に尽くした岡っ引きが、思わぬ余禄《よろく》にありつくのは、八丁堀《はっちょうぼり》では、時々ある話であった。町方与力や同心には、諸方からの付け届けが多く、余裕があるからだ。

「おや、そうかい。せいぜい頑張んな」

話に飽きてきたのか、山越がそろそろ帰ると言い、川近くから歩み出した。するとその背へ、小住親分が言葉を投げかける。

「この縄張りじゃ、最近、跡目争いが起きてるそうですね？　山越の親分さんの跡を誰が継ぐか、両国中のもんが気にしてる」

「跡取りのことは、おれがきちんと決めると、山越の皆へ言ってある。岡っ引きが、口を挟むことじゃねえ」

「皆が両国の頭になりたがるのは、余程美味《おい》しい思いが出来るからだろうと、大河内同心が笑っていたよ」

山越が振り返ると、小住親分は嫌な顔をしていた。

「つまり、今、両国を仕切っている山越親分は、その良い思いをしてるってこった」

盛り場には小屋や、屋台がごまんとある。山越は、そこから得られる金を使い、抱えている手下達を、養っているに違いなかった。

「だからねえ、それだけの大金を動かしてる山越親分は、色々、余所《よそ》には話せねえことを、抱えてると思ってやす」

例えばと、小住は言う。

「盛り場じゃ、賭場《とば》が開かれてるはずだ。だがそこからの上がりを、くそ真面目にお上《かみ》へ知らせる親分は、いねえわな」

賭場は、禁止されているものだからだ。

「ならばさ、うちの旦那に大手柄を立てさせ、与力にする方法はあるんだ。山越の親分をひっ捕らえ、貯め込んでるはずの大枚《たいまい》を、奉行所へ納めりゃいい」

そうすれば大河内同心は、本所方与力に抜擢《ばってき》される筈《はず》と小住が言い出し、手下達の顔が一気に険しくなる。だがそれを見ても、小住親分は黙らなかった。

「それに、山越には今、決まった跡取りがいねえ。つまり山越親分が捕まって消えれば、別の親分が立つことになるわけだ」

その者にとって、山越が倒れることは、ありがたい話だろう。

「だから一時、ここが大騒動になっても大丈夫。うちの旦那もおれも、後でその親分から、感謝されるはずだ。この先も本所深川で、やっていけると思ってやす。ええ」

山越を捕まえることさえ、出来れば、だ。

「つまりだ。おれはこれから親分の悪行を、暴こうと思ってるんですよ。あん？　何でそんなことを、親分本人へ言うのかって？　そりゃ、この身が危ないんで」

山越へ楯突《たてつ》けば、その途端、大勢の手下達を敵に回すことになる。小住が山越にとって怖い者になればなるほど、簀巻《すま》きにされ、隅田川へ放り込まれかねないのだ。

「ならばこうして、小住は山越の敵方に回ったと、はっきり言い切った方がいい。おれに何かあったら、八丁堀の旦那方が、事情を調べて下さるでしょうからね」

下手に手を出したら、山越が共倒れになるよう、小住親分は先に手を打ってきたわけだ。ここで山越が、口の端を引き上げた。

「ああ、盛り場じゃ確かに時々、行方知れずになる者がいるな。おれの顔見知りの臥煙《がえん》で、喧嘩っぱやかった奴も、先に突然、両国から消えちまってるよ」

「親分、小間物屋の次男坊も居なくなって、親が騒いでますぜ」

「回向院の茶屋娘が、急に姿が見えなくなったとか。若い奴らはそっちを気にしてます」

山越は恐ろしいような笑みを浮かべ、岡っ引きを見た。

「小住親分よう、おめえは山越の敵になるわけか。ま、おれを捕まえるってなら、やってみな」

今まで己へ、正面から挑んできた者が、いなかったわけではないと、山越はあっさり言った。山越はそれを乗り越え、今の両国を作ってきたのだ。

ただ。

「うちの娘お夏へ、下手な手出しをしたら、同心の旦那が後ろに控えてようが、遠慮はしねえ。小住とやら、そいつは覚えておきな」

山越の眼差《まなざ》しが、小住を射貫《いぬ》く。若い岡っ引きは一歩身を引いたが、そこで踏みとどまって、一帯の大親分を睨《にら》んだ。

2

小住親分が無謀を言った後、月草とお華が見せている話芸の場が、いささか荒れるようになった。山越の敵、小住親分が、月草の小屋へ通うのを止《や》めなかったからだ。馴染みの客達は、小住の姿を見つけると、お華が止めるのも聞かず、言い合いを始めてしまう。小屋の内は何度も、口喧嘩の場と化していった。

「小住親分。親分は、山越の親分を捕まえる気なんだよな。なら、まめにこの小屋へ、来たりしねえでくれよ」

今日も岡っ引きが来ているのを知ると、火消しがうんざりした声を出した。

「ここは、山越が持ってる小屋の一つなんだぞ。他の客達が、楽しめねえだろ？　華姫のお客が減っちまうわ」

お華好きのおかみ達も、文句を並べた。

「小住親分が来てるから、山越の親分が、お夏っちゃんを小屋へ寄越《よこ》さないのよ。あたし達、寂しいわ」

この言葉にはお華も、舞台で頷いた。小屋内の者達は、揃《そろ》って小住親分へ、厳しい眼差しを向けていたのだ。

だが当の小住親分は、図太いところを見せてきた。

「山越に刃向かうと言い切ってから、周りの目が冷たくってさ。華姫、おれにゃ、息抜き出来る場所が他にねえんだよ。来てもいいじゃねえか」

両国に次の親分が立てば、周りの態度は変わると小住は言う。だから山越と揉《も》めても大丈夫だろうと、岡っ引きは踏んでいたらしい。

「しかしなぁ、山越へ刃向かうと決めてから、実際、この地が変わるまでの間のことは、考えてなかった」

小住親分は八丁堀近くの生まれで、両国の皆が山越をどう思っているか、知らなかったらしい。

「金持ちな上に、怖い子分を大勢抱えてる男だ。嫌われてると思ってたんだがね」

ところが、いざ勝負を仕掛けてみると、山越は結構人気のある親分であると分かった。

小住親分は慌てているのだ。

「おれに力を貸してくれる者が、なかなか増えねえ。だから華姫。まことを見通せるっていうお前さんに、味方になってもらおうと思ってるんだ」

「はあ？　それは無理よ。あたし、山越が抱える芸人なのよ」

お華が呆《あき》れた声で言っても、小住親分は、勝手な話を止めない。

「月草も華姫も、前々からの知り合い、つまり、おれの友じゃねえか」

小住はお華と月草に、己に賭《か》けてみろと言い出した。

「おれは、空威張りしてるんじゃねえ。山越の親分は、結構物騒な話を、おれ達町方に摑まれてるのさ。山越親分はこのままじゃ、そう遠くない頃合いに、引きずり下ろされる」

だから早めに、小住の側へ付けと言う。すると、この辺りで俳諧《はいかい》の師匠が、怖い顔で小住へ迫った。

「馬鹿を言うな。小住親分、あんたは〝まことの華姫〟の名を、利用したいだけだろ」

大河内同心に、一軒持たせてもらいたければ、小住はまず、真面目に働くことだと師匠は言う。

「同心の旦那だって、小者《こもの》へ店を持たせることが、あると聞いてるよ」

「さすがは師匠、詳しいね。だが、そういうことが出来るのは、実入りの多い、定廻《じょうまわ》りの旦那なんだよ」

本所方同心が、岡っ引きへ店を持たせたという話を、小住親分は知らないらしい。だから親分は、今回の話は諦《あきら》めないと、はっきり言った。

「本所方与力の旦那が隠居する、今しか出来ない勝負だからな」

すると我慢が無理になったのか、他の客達まで、剣呑な顔つきになって立ち上がった。お華が舞台から急ぎ、座るようびしりと言ってから、岡っ引きを正面から見据える。

「山越のおじじ殿がね、何であんな無謀をするのか知りたいって、小住親分のこと調べたの。親分は親を亡くした子で、その上、お店《たな》奉公に失敗したそうね」

他に身内などいない。小住は、まだ子供のような年で一人きりになって、どこにも行く当てがなくなってしまった。その時、それでは余りだろうと、下働きとして、大河内同心が拾ってくれたのだ。小住にとって大河内同心は、兄とも親とも思う相手に違いなかった。

「小住親分は多分、自分の出世やお店より、大河内同心の出世を望んでいるんだと思う」

お華は口にする。

だが。

「山越の親分は、大河内同心が与力になることは、難しいと言ってた」

両国の盛り場を仕切る親分が、そう見極めを付けたのだ。小住親分の旦那が出世することは、ないに違いない。

お華の声が、柔らかくなった。

「山越の親分さんは、小住親分にも大河内同心にも、迷惑など掛けちゃいないでしょ？そろそろ無茶《むちゃ》は、終わりにしなさいよ」

引き時なのだ。小住親分にも分かっているはずであったが、睨み返されてしまった。

「うるせえ、お華のばばあっ」

小住親分がそう言い放った途端、小屋内の何かが変わった。お華追い達や、山越の手下らは、もうお華が止める声を聞かなかったのだ。

「華姫のどこが、ばばあなんだ？」

恐ろしいことに客全員が立ち、小住親分は二重に取り囲まれた。臥煙の一人が、小住親分を見下ろす。

「若《わ》けえ親分さん、岡っ引きになったところだ。十手《じって》を使うのが嬉《うれ》しいんだろう」

小住の行いが、大河内同心を思っての事だというのなら、気持ちは分からないでもない。

「だがね、恩のある旦那の為なら、何をしてもいいってもんじゃねえのさ」

周りが我慢をするのも限りがあると、臥煙は小住親分の頭の上から、言葉を降らせる。

すると小住は、歯を食いしばって言い返した。

「うるせえっ。山越に刃向かうと決めた時から、こういう脅しを食らうことは、百も承知よ。はいそうですかと、引き下がる訳がなかろう。なぁ、華姫」

「あら、何であたしに言うのよ」

「おれとお華の仲じゃねえか……おわわっ」

お華追いの一人が、火消しをしている力強い腕で、小住親分の着物を摑む。

「小住親分よう、華姫を困らせるな。一発、殴りたくなるじゃねえか」

拳固《げんこ》を突きつけられ、岡っ引きが震え上がった。小住は、身をよじってお華追いから逃れると、少し囲みが開いていた先の、舞台へと逃げる。

「華姫、助けてくれっ。おれはちゃんと、銭を払って、芸を見に来てるんだ。他の客に、殴らせたりしねえでくれっ」

「えっ？　あたしが親分を、助ける役なの？　どっちかっていうと、目を覚ましなさいって、小住親分を打ちたい側なんだけど」

しかし小住親分は、聞いていない。泣きそうな声で、助けろと言うので、お華は溜息《ためいき》を漏《も》らした。

「まあ、小屋内で怪我人が出るのは、拙《まず》いわよねえ」

お華は渋々、小住親分を殴るのは、止めないかと言ってみた。

「もし止められないんなら、小屋の外で騒いで欲しいんだけど」

「華姫、これじゃ止めたことにゃ、ならねえぞっ」

小住親分が、更なる大声を出すと、月草がいよいよ、うんざりした顔になる。

「なんでこんなに頑固なんだ？」

ここで月草は、小住の足を思い切り蹴《け》った。すると岡っ引きは小屋の奥の間まで転がり、拳固から逃げることになったのだ。

小住親分とお華追い達、両方から、不満の声が上がった。

3

　二日後、月草の小屋の裏手へ、お夏がやってきた。今回はばあやではなく、山越のおじじ殿が付いてきていた。

　お夏は、いつものように小屋の内へ入らず、裏側にある井戸の側で、月草とお華へ、ふくれ面を見せてきた。

「月草、月草とお華は、おとっつぁんを捕まえるって言った岡っ引きを、庇《かば》ったって聞いたわ。それ、本当？」

　お華は、山越が捕まればいいと思っているのか。お夏から問われたお華は、腕を組む。

「お夏っちゃん、その問いは、右の耳から左の耳へ押し流して、聞かなかった事にするわ。あたし、お夏っちゃんの友達だもの」

　井戸端で、お華は深く頷いた。

「小住親分は若いけど、岡っ引きは岡っ引き。山越の親分さんを、捕まえると言われたんだもの、お夏っちゃんは不安だわよね」

　だが。お華は、はっきり言い切った。

「あたしも月草も、山越の一員なの。あたしと月草は、小屋の内で喧嘩が起きることを、止めただけ。月草の小屋はよく壊れるって、山越の親分さんから叱られてるんだもの」

すると、外の井戸端にいたものだから、周りの小屋の芸人達や、おじじ殿へ付いてきた山越の手下達も、話に加わってくる。

「だからってさ、華姫が、小住親分を庇ってやることはなかったんだ。皆は一発殴れなくて、不満顔だった。お華が止めたからだぞ」

「お華、ずっと山越の味方でいてね」

「お夏っちゃんまで、妙な心配しないでよ」

お華は呆れた声を出したが、皆の不満は分かると口にした。小住親分は、皆がこぞって止めているのに、今も山越親分を捕まえる気でいるのだ。

「大河内同心と一緒に、今日も両国へ来てたそうだ」

本所方同心や岡っ引きなのだから、本所や深川にいればよいものをと、手下達は顰《しか》め面だ。お華はここで、皆へ問うた。

「小住親分は山越の親分の、弱みを摑んでるみたいなこと、言ってた。それがどんなものか、知ってる人、いる?」

小住親分が妙に、思わせぶりに言うのが、お華は気に掛かっているのだ。井戸端の者達は顔を見合わせ、首を横に振る。

「おれ達こそ、お華へそいつを聞きたいくらいだ。小住親分が小屋へ来たとき、話してなかったか？」

「だから、あたしは小住親分の、仲間じゃないんだってば。何も聞いちゃいないのよ」

おじじ殿はお夏の傍らで、口をへの字にした。

「山越で一番危うい事っていやぁ、盛り場じゃ珍しくもねえが、賭場のことかね。うん、両国の盛り場にも、あるからな。お上からも禁止されてるし、大金も絡む場だ」

もちろん、博打《ばくち》を行えば罪になる。だがおじじ殿は納得出来ない様子で、声を低くした。

「賭場が、うちの親分の弱みなのかねえ。親分自身が、金を賭けることはねえ。だから賭場のことで、捕まるとは思えねえんだが」

賭場が開かれている小屋が、万一山越のものであったと分かっても、そんなことに使われているとは知らなかったと、言い抜けが出来る。

「小住の奴、一体どんな罪で、うちの親分を嵌《は》めようってぇのか」

お華が、おじじ殿を見た。そもそも、万に一つ、小住親分が無茶を押し通し、山越を捕らえ自身番《じしんばん》に入れたとしてもだ。

「それで大河内同心が、本当に与力になれるのかしら」

一回、手下の岡っ引きが手柄を立てたくらいで、同心が与力になれるのなら、もっと大勢の与力が、生まれていそうな気がすると、お華は思うのだ。

「でもお武家のことは、確かめ方が分からないわね」

「〝まことの華姫〟が、おとっつぁんが捕まるかもって言うの？　やっぱり、危ないの？」

ここで、お夏が泣きそうな声を出したので、お華は慌てて、違うと告げた。

「あたしの言葉は、そう、ここにいるお間抜けな、月草が話してることだから。〝まことの華姫〟が話す真実だ、なんて思わなくていいのよ」

「お華、お間抜けは余分だ」

いつもの掛け合いを聞いて、お夏がほっとした顔になり、月草は眉根《まゆね》を寄せる。

（こりゃ、拙い。お嬢さんを、早く安心させてえな。だがさて、どうすればいいのか）

まだ見当がつかない。とりあえず、お華を抱きかかえてもらうと、お夏に笑みが戻ってきた。月草は笑った後、おじじ殿や手下達と、小声で話し続けることになった。


十日後の朝、両国の盛り場を、とんでもない話が、駆け抜けていった。

男も女も、寄ると触るとその話をしたから、お華追い達も、当然のようにそれを耳にした。

「山越の親分さんが、自身番へ呼ばれたんだってさ」

まさか、そんな呼び出しがかかるとは、山越の親分も、思っていなかっただろう。だが通りのど真ん中で、自身番を預かる者達から来るように言われたとき、直ぐに領いたと聞いた。

　そうしなければ、一瞬で顔を強《こわ》ばらせた手下達が、一騒ぎ起こしそうであったという。

「親分は今、両国橋の橋詰めに近い角にある、自身番にいるんだとか。呼んだ方の家主や書役《かきやく》達が、顔を引きつらせてると聞いたぞ」

　つまり自身番の者達が、山越を呼んだのではなく、奉行所の方からの呼び出しに違いない。当の同心が来るまで、山越を迎えた自身番の中は、お通夜のような有様になっているらしい。そしてその話には、とんでもない続きが、くっついていた。

「親分、何の罪で、引っ張られたって言うんだ？」

　臥煙が問うと、お華追いの一人が声をひそめ、恐ろしい事を告げる。

「それが……人殺しじゃねえかと、疑われてるからだそうだ」

「は？」

「人殺しって、誰が殺されたんだ？」

　話を聞いた大勢が、一段と騒ぎ始めた。

　喧嘩も賭け事も珍しくはない盛り場では、たまに、とんでもないことも起きる。この両国では薦《こも》に巻かれた死体が、川岸の葦《あし》に引っかかっているのを見た者も、たまにいるのだ。

　だが。盛り場の者達は、首を捻《ひね》った。

「若いお嬢さんがいるせいか、山越の親分は、そういう無茶、しねえよなぁ」

少なくとも最近、西岸の盛り場で、誰かが消えたという話は伝わっていない。両国の盛り場は、西側の方が東よりは落ち着いていると、巷《ちまた》で言われていた。

「じゃあ親分は誰を殺したと、言われてんだ？」

人殺しだと言われた者はいるのに、殺された者の名が出てこない。道端に集まった皆は、顔を突き合わせたまま、悩むことになった。

するとじき、その内のお華追い達が、華姫へ事を問いたいと言い出した。〝まことの華姫〟ならば、本当の事を承知している筈だと、こういうとき、皆は言い出す。

華姫馴染みの何人かが、月草の小屋へ顔を出した。たまたま話芸が終わった所だったのか、小屋には月草も客もいない。一回話をすると、次まで少し間が空く為か、木戸に山越の手下の姿もなかった。

早めに入り込んだ客がいても、後で手下が木戸銭《きどせん》を集めるから、困りはしなかった。月草の小屋は、のんびりしているのだ。

だが、常連達がいつもの床几《しょうぎ》に座って、月草とお華を待っていると、思わぬ者が後から現れ、小屋内が大騒ぎとなってしまった。

お華好きのおかみも、お華追い達も、揃って声を尖《とが》らせる。

「ねえ、何で今日、ここに、小住親分が来るわけ？」

皆は山越の親分が、人殺しの疑いを掛けられたと、聞いたばかりであった。そして小住は、山越の親分を捕まえると言っていた。山越と、この盛り場の敵なのだ。

なのに。この危うい時、頼りに思っていた〝まことの華姫〟の所へ、小住親分が来ている。臥煙《ほ》が吠えた。

「この小住が、山越親分を嵌めたに違いないんだ。でなきゃ、あの山越親分が人殺しの疑いで、自身番へ呼ばれる訳がない」

常連達の顔は、見たこともないほど怖いものになっていた。

すると小住親分は皆へ、笑うような顔を向けたのだ。

「だから山越の親分は、結構物騒な話を、おれ達に摑まれてるって言ったろ」

少し前、本所で行方知れずになった男がいたのだ。山越とも顔見知りで、揉めていたという。本所方同心や岡っ引き達は、その話を摑んでいた。小住も当然承知していたのだ。

「だが詳しいことは、山越の手下がいる前じゃ話せないな。ああ、仕方がねえこった」

何しろ今回の事には、〝人殺し〟という言葉が関わっているのだから。

「その一言の向こうにゃ、死刑が待ってる」

一寸、小屋内が静まりかえった。だがじき、山越の手下が立ち上がり、一歩、小住親分の方へ近寄った。

「それで？　おれ達とは話をしたかねえのに、岡っ引きは何でまた、月草の小屋へ来てるんだ？」

小住が、にやりと笑みを浮かべる。

「前にも言ったろ？　おれと華姫は、友達だからさ。おれは華姫を頼りに、山越との戦いを、勝ち抜く気でいるんだ」

まずは山越親分を、自身番へ呼び出すことが出来た。つまり小住の一勝だ。

「華姫に感謝だな」

「華姫が、山越の敵方に回ったたって言うのか？　本当に？」

皆の目が、今はお華と月草のいない、小屋の舞台へと向けられる。

その後、月草が山越を裏切ったという、恐ろしい噂が、両国の盛り場の中を、風のように走り抜けていった。

4

「お夏っちゃん、聞こえてる？　こっちよ、こっち」

お華が山越の屋敷の庭から、部屋へ向けて手を振る。するとじき、お夏が濡《ぬ》れ縁へ顔を出してきた。

月草はお華を抱え、庭木に隠れつつ、お夏の所へ寄っていった。

「まあ、月草。よく山越の屋敷へ入れたわね。月草の小屋へ行ってた手下達が、月草が悪人になったって騒いでたわよ」

　お華が溜息を漏らした。

「お夏っちゃん、あたし達がいない間に、小屋へ、また小住親分が来てね。居合わせたお客に、妙なことを話したみたいなの」

　小住はお華達が小住の味方になって、山越親分を捕まえる手伝いをしたかのように、皆へ告げたのだ。

「おかげで、盛り場の皆まで怒ったの。月草は、小屋へ近寄ることも出来ない羽目になったのよ」

　ろくに言い訳すら言えぬまま、今、手下や芸人達に、追い立てられているのだ。

「参りやした。これじゃ長屋へも帰れません」

　お華を連れているのにと、月草がぼやく。

「なら、お華はうちで預かろうか？　お華だけなら、騒いでる山越の者も、怒らないと思うけど」

　お夏はそう言ってくれたが、すぐにお華が、首を横に振った。

「お夏っちゃんの申し出はありがたいけど、今、月草を一人で放っておくのは、心配なの。月草だけだと、今より困ったことになりそうだもの」

　だからお華が付いていると言うと、お夏が頷く。お夏はここで一旦《いったん》部屋へ戻ると、幾ばくかの銭と大福餅《もち》を紙で包み、月草へ渡してきた。

「夜、お華を寝かせることが出来なくなった時は、あたしへ預けに来てね。それと」

お夏としては、やはり父のことが心配なのだという。聞けば、山越は自身番からは、帰ってきているらしい。強い証《あかし》があっての、呼び出しではなかったのだ。

「うちの敵方になったんじゃ、ないのよね？　なら月草、小屋で働くことが出来ない間は、おとっつぁんを助ける為に、動いてくれない？」

すると月草は、早々に大福を一個、口に放り込みながら、お夏へ頷く。

「お嬢さん、おれも、そうする気でした。親分のことが片付かなきゃ、どのみちおれとお華は、小屋へは帰れないでしょうし」

そして月草は今日、その為に山越の屋敷へ来たのだと、お夏へ告げる。

「山越の親分さんですがね、暫《しばら》くお屋敷から、出ない方がいいと思うんです。お嬢さんから、説得して頂けませんか？」

「ほう、どうしてだい？　まあ、無理だとは思うが」

この時、聞こえて来たのは、しわがれ声であった。月草の顔が引きつる。

「ありゃ、おじじ殿。いたんですか」

「手下達が、おめえが山越を裏切ったって、騒いでるぞ。なのにここへ来るなんざ、月草、良い度胸だな」

「おれは小住親分と、組んじゃいませんので」

そこは間違いないと、月草当人が一番よく分かっている。小住親分は皆へ、大嘘をついたのだ。

「ですが、その大嘘のおかげで、分かったこともありやした」

「おや、何だ？」

小住親分は、〝まことの華姫〟が自分の味方だと、堂々と嘘を言いふらした。

「つまりあの御仁《ごじん》は、なりふり構わず、証がなくとも、山越の親分を陥れてくるかもしれねえ。そう見極めがつきやした」

おじじ殿がお夏の横で、眉間《みけん》に皺《しわ》を寄せる。

「旦那を出世させたいからって、何でそこまで、やるのかねぇ。うちの親分とあの岡っ引きには、深い縁なぞ無いはずだ。あっちは本所方、つまり隅田川の東側の岡っ引きだし、山越の縄張りは、両国橋の西にあるからな」

本所方同心にも岡っ引きにも、恨みなど持たれる覚えはないとの言葉に、お華が頷く。

「それなのに小住の親分は、どうして山越親分を、追い詰めようとしてるのかしら」

山越との間に、忘れ去られている縁が無かったか、調べねばならない。お華が可愛い声でつぶやいた時、同意の返事が突然、今度は背中の方から来た。驚いて振り返ると、山越の手下達が、いつの間にか後ろに立っていた。

思わず声が、月草のものに戻った。

「ありゃ、皆さん。何でここへ来たんです？」

「月草、おめえは相変わらず、どこか間抜けだよな」

月草の連れのお華は、大きくて華やかな人形なのだと、手下が言う。

「おめえと華姫が動いたら、離れた所から見ても、丸分かりだぞ」

二人連れで、こっそり山越の屋敷へ忍び込むなど、どだい無理な話なのだ。

「そうでしたか。おれ達は今日、山越の皆に、屋敷へ通してもらってたんですね」

「おれ達も最初は、月草を疑ってたがな。この騒ぎの中、山越の屋敷へ、のこのこやってきたんだ。おめえは小住親分と、組んじゃいねぇと思ったよ」

ただ小住は今も、華姫が相方《あいかた》であるかのように、話を広め続けているらしい。

「お華が、まことを見る水の眼を持っていて、真実を語ると信じてる者は、大勢いる。あいつ、華姫の評判を味方にしたいんだろ」

「うへえ、迷惑なこった。小住親分、色々妙なことをする男だな」

おかげで分からないことが、三つも並んでしまった。月草はそう言った後、大福をまた食った。

「あ、すいやせん。騒動が続いてて、ちゃんと飯を食ってないんです。腹が減ってて」

「ああ、いいから食え。そしてさっさと続きを言いな」

おじじ殿が頷くと、月草は大福を呑《の》み込み、疑問に思った点を並べていった。

「まず一つ目は、今まさに、おれが困ってることとです。お華が小住親分の味方だって、言いふらされてる」

お華が違うと言っているのに、小住親分は諦めず、迷惑な噂を流し続けているのだ。

そしてこの噂の狙いは、今、手下達が言ったように、華姫の評判を味方にすることだろう。

「そして二つ目。小住親分は、正面から山越とぶつかってやす。そいつが妙でして」

当人は、大河内同心を与力にする為に、山越を捕まえると言っている。しかし。

「手柄一つで同心の評判が、そこまで大きく変わるもんでしょうか」

顔役が、急に替わることになれば、盛り場では揉め事も起きるに違いない。奉行所の者が、そんな強引なやり方をただ褒《ほ》めるとは、月草には思えなかった。

そして、三つ目の疑問だ。

「今、山越親分が、人を殺したと疑われてます。殺されたのは、どこの誰です？」

すると三つ目は、おじじ殿が答えてきた。

「実は、少し前に深川の川縁《かわべり》で、死体が見つかった。今、与力の旦那が、殺されて死んだか、間違って川へ落ちたのかを、調べてるところだってよ」

もちろん山越の手下が、深川へ向かっている。そして死人がどこの誰なのかは、まだ分かっていなかった。

「それで山越親分が人殺しかと疑われ、自身番へ呼ばれたんですか。わざわざ自身番へ呼んだんだ。何か関わりがあるやもしれねえ」

ここで月草は、おじじ殿を見つめた。

「おじじ殿、やはり山越の親分さんは、暫く屋敷に居続けた方が、いいと思いやす」

余程信用出来る御仁に、屋敷に来てもらうべきだと、月草は言葉を続けた。この後、更に何かが起こって、一人でいた山越が、疑われるのは拙い。山越へ全てを押っつけようとしている者に、親分が命を狙われるのも勘弁だ。

「町名主《まちなぬし》とか、近所の地主とか、しっかりした立場の者がいいでしょう」

おじじ殿が頷いた。

「何とかしよう。だが要らねえって言いそうな親分を、何と言って説き伏せようか」

おじじ殿が眉間に皺を寄せた、その時だ。庭の奥から溜息が聞こえて来て、今度は、三人のお華追い達が姿を現した。

「月草、おれ達を頼って来ねえで消えるとは、どういう了見なんだ？」

「あの、その、おれは小住親分の味方ってわけじゃ、ねえんですが」

月草が、慌てて言い訳をしていると、先頭にいた火消しが、お華が無事で良かったと言ってくる。それから、懐から手ぬぐいを取り出し、お華と月草へ、頬被《ほおかむ》りをしろと差し出してきた。

「おれ達はお華追いだ。小住親分の話より、お華の話を信じてる」

ただ。小住親分が触れ回ってるせいで、月草が山越を裏切ったと、信じ始めてる奴はいるようだと、お華追いは続けた。だから。

「今、舞台に出てる姿で、月草が盛り場を歩き回るのは、拙いだろうな。月草とお華だと分かったら、言い訳をする前に、相手が喧嘩を吹っかけてくるかもしれねえ」

月草はともかく、お華が傷つくのは拙い。そう言われて、月草は自分とお華の頭を、手ぬぐいでしっかり包《くる》んだ。そして、少し目を潤ませる。

「あの、ありがとうございやした。今、この庭にいる人達だけは、自分を信用してくれてるってわけだ」

だが、直ぐにお華が口を開き、庭にいる皆に苦笑いを浮かべさせた。

「月草は、お間抜けだものね。皆は、小住親分が月草を、良いように利用してるだけだと、直ぐに分かったのよ」

「お華、そういう言い方をされると、なんか腹が立つっていうか」

だが、月草の腹立ちなど置いてきぼりにして、ここでお華追い達とおじじ達が、これからどう動くかを話し出した。おじじ殿が、全てを仕切っていく。

「お華追い達は、月草より役に立ちそうだ。うちの手下に力を貸してくれ。土左衛門《どざえもん》は水ぶくれになって、顔かたちが分かりにくいだろう。死人が誰なのか名を調べるのは、きっと大事《おおごと》になる」

「承知しやした」

分かったことがあったら、この屋敷へ知らせることになった。姿が目立つからと、月草は深川への同道を、求められない。ならばと、お華と二人、別の所へ行くことにした。

「おれは大河内同心が、この先、本当に与力になれそうか、そこを調べて来ます」

「月草には、早く小屋へ戻って、稼いでもらわなきゃな。今回の騒ぎ、うちは総力で当たる。おめえにも、何でも教えてやる。早々に終わらせるぞ！」

つまりおじじ殿は、岡っ引きが起こした騒ぎを、それだけ厄介な件だと考えているのだ。皆は頷くと、山越の屋敷から出て行った。

5

月草は両国からまず、舟に乗った。

お華好きのおかみがいる船宿へ行くと、船賃は後日払いで、八丁堀まで乗せて欲しいと頼んだのだ。おかみが、苦笑を浮かべた。

「月草さん、何をやらかしたんですか。盛り場の芸人達が、お前さんを追っかけてますよ。裏切り者だから、小住親分の代わりに、隅田川へ放り込みたいそうです」

「この辺にも、話が広がってるのか」

月草が思わずお華を引き寄せると、おかみはお華へ小さく手を振ってから、困った顔になった。それから店の奥へゆき、地味な着物を持ってくると、月草に、着替えてから舟に乗るよう言ったのだ。

「お前さんが川へ落とされたら、華姫が困るものね。今着ているものは脱いで、それで子供を背負うように、華姫をくるんだらいいわ」

「おかみ、ありがたい。着物、なるだけ早くに返します」

着物と頬被りのおかげで、お華と月草は、子守りをしているような姿になれた。二人は急ぎ舟へ乗り込むと、隅田川を下った。そして何とか川へ突き落とされることなく、八丁堀へ行き着くことが出来たのだ。

両国の顔役が、自身番に呼ばれたことを思うと、町奉行所へ行き、あれこれ聞くのは憚《はばか》られた。よって月草は、八丁堀へ来てみた。

本所方同心大河内は、町奉行所勤めだ。何とか同じ同心に会い、色々聞けたらと考えたのだ。

(小住親分のことを、よく知ってる御仁に会えたら、めっけもんだ)

だが八丁堀へ来ると、当たり前のことを、身に染みることになった。

「お華、定廻りの同心方は、昼間は江戸の町を回っている。八丁堀にはいなかったな」

同心や与力の屋敷が続く場所は、人通りも多くない。月草は誰に、何を聞けばいいのか分からなくなり、立ちすくんでしまった。

「ああ馬鹿をした。なぁお華。おれはこれから、どうしたらいいもんかね」

独り言を言うのも空しく、お華へ声を掛けてみる。相棒からの返事は決まっていた。

「ああ、やっぱり月草は、頼りにならないわ。こういうとき出来る男だったら、どうしたかしら。定廻りの旦那達が、何時《いつ》、お江戸のどの辺りを歩いてるか、すぱりと察しをつけて、そっちへ行ってるでしょうね」

月草の阿呆。自分が出した声なのに、お華から言われると、何だか、余計にがくりときた。

すると。ここで何故だか、笑い声が聞こえて来たのだ。

「おや、こんな所で華姫の語りが聞けるとは、驚きましたな。妙に地味な恰好《かっこう》は、華姫が目立たぬよう、考えてのことですかな」

驚いて声の方へ顔を向けると、同心屋敷の木戸門の前で、どこかで見たような総髪の男が、笑みを浮かべている。名を思い浮かべられずにいると、男は甲斐庵《かいあん》という医者で、たまに両国へ、華姫の話芸を楽しみに行っていると口にした。

「今日は、この八丁堀で、芸でも見せるお約束でしょうか。おや、同心の旦那に、お会いしたかったのですか。しかし昼間だ。ご隠居方の他は、屋敷におられないでしょうに」

「ご隠居方？」

途端、月草は医者の傍らまで歩み寄った。

「今、元同心のご隠居が、八丁堀におられるのですか。どなたか、ご存じでしょうか？」

「うちの大家の方なら、今日はお屋敷におられましたよ」

聞けば八丁堀の同心達は、多くが屋敷内に貸家を建て、医者や儒学者などを住まわせているという。

「この地に押し入る賊は、いませんからな。安心して住めますゆえ、同業の店子《たなこ》が多いのです」

「まあ、言われてみれば、そうよねえ」

　お華が、甲斐庵へあれこれ話しかけたところ、すっかり嬉しがった医者が、ご隠居の大家へ声を掛けてくれた。

　大泉《おおいずみ》という元臨時廻り同心のご隠居は、お華から挨拶を受けると、暇だったからと、月草達が、隠居所の縁側へ座るのを許した。ご隠居はお華のことを、大層お気に召したのだ。

　それで月草は思い切って、両国の小屋へ、ご隠居を誘ってみた。舟で来れば、八丁堀から両国の盛り場までは、近いものなのだ。

　だが、盛り場にある小屋へ招く代わり、ちょいと聞かせて欲しい事があると言うと、ご隠居の体に、すっと力が込められた。

「はて、芸人が、何を知りたいのだ？」

「ご隠居様、実は本所方与力の旦那が、替わられると聞きまして。次、どなたがお役に就かれるのか、ご存じないでしょうか」

　本所方与力が誰になるかは、東西に盛り場が連なっている両国の者も、関わりのある話なのだ。お華が、精一杯丁寧に問うてみると、縁側に座っていた隠居が、体の力をふっと抜いた。

「なんだ、そんなことを、わざわざ八丁堀まで問いにきたのか。まあ、お主達にとっては、興味のある話だろうな」

隠居は笑いながら続けた。

「本所方与力は、確かに替わると聞いておる。だが多分、まだ少し先の話だぞ」

一人、お役から退く者が出ると、役目を異動する者が必要になる。直ぐには役目を動かせないことも、あるのだ。

するとお華は、次の問いを向けた。

「ご隠居様、例えば今、本所方同心を務めておられる方が、そのまま与力になられることって、あるのかしら」

お華の奇麗な顔が首を傾げ、身を寄せてくるのを感じたからか、人形だと分かっているだろうに、隠居はにやにやとしている。そして小さな同心屋敷の庭先で、お華へさらりと、厳しい事実を語った。

「今の本所方同心、山下殿は、出来たお人だ。だが、与力になるのは無理だろう」

町方与力の人数は決まっており、余程でないと、増えたりしないものらしい。

「もうかなりの間、与力になった同心はおらぬのだ」

以前何かの件で、八丁堀の与力を離れた者がいたが、数は減ったままだという。

「同心が与力になるには、余程の力と、運がなければ無理だ」

「あの、じゃあ、もう一人の本所方同心、大河内様も無理ですか？」

「大河内殿？　はは、あいつは駄目だ」

その返事の、余りに軽く、さらりとした調子を耳にして、お華が隠居を見つめた。すると隠居は、大河内は日々、きちんとお役を務めているようだと言ってくる。

だが、しかしだ。

「大河内殿には、足りぬところがあると聞いておる。そもそも飛び抜けた力量がなければ、与力にはなれぬ。なのに、力が欠けていては、無理というものだ」

「あのぉ、大河内同心の岡っ引きは、与力に相応しい旦那だと言ってた気がしますが……」

「はは、そりゃあ自分の旦那のことは、良く言うだろうよ。だがな」

お華との話に慣れてきたのか、隠居は段々と、他では聞けないような話を語り出した。

「大河内殿は、肝が据わっていないところがあるのだ。以前、捕り物があった時、狼狽《うろた》え、しくじりを犯しおった」

そして、ろくでもない輩《やから》は、そういう同心の弱さを見抜き、煽《あお》ってくるという。

「まあ、あの御仁は真面目だから、つつがなくお役を務めておる。だが今言ったとおり、与力を望むのは無理だろう」

「あ、あらまぁ」

月草はお華と、顔を見合わせ、そして、更に少しばかり話した後、隠居の屋敷から出た。新米の岡っ引き小住のことは、隠居は知らなかった。

帰り道、月草はお華と話しつつ歩んだ。

「小住親分は、まだ岡っ引きになって、長くないらしい。でも親を失った後、大河内同心の所で、世話になってると聞いた。お華、あいつは旦那のこと、よく承知してるよな」

「もちろん他の岡っ引きより、しっかり分かってると思うわ。大河内の旦那と、身内同然の暮らしを、してるんでしょうし」

ならば、なぜ。まだ船着き場まで行き着かぬ辺りで、月草は足を止めた。

「どうして小住親分は、大河内同心を、次の本所方与力にと願ったんだ？」

小住は八丁堀で暮らしているのだ。それが酷《ひど》く難しい願いだと、よく分かっていたはずだ。大河内同心は捕り物で抜かりをやって、評判を下げている。

「なのになぜ山越とぶつかってまで、そんな無謀な思いを持ったんだ？」

山越親分は、甘く考えていい相手ではない。そして両国の盛り場は、東西で繋《つな》がっている。本所方同心の岡っ引きなら、両国の顔役の評判くらい、聞いている気がした。

「本当にどうして、大河内同心に、本所方与力になって欲しいと思って……」

ここで月草は、言葉を切った。そしてゆっくりお華を見つめる。すると、可愛い声が耳に届いてきた。

「小住親分は、本当に大河内同心を、与力にしようと思ってるのかしら？」

お華の声が、己が喋ったものではないかのように、頭に響く。

そう、どう考えても、そこがおかしいのだ。

「そうだな。小住親分は、そもそも大河内同心を、与力に出来るとは、思ってねえのかもしれない」

それが、真っ当な考えであった。

「となると……小住親分は何で、山越とぶつかったんだ？　お華、両国の顔役と、正面から争うなど、とんでもねえことだよな。そんな苦しいことをする訳は、何なんだ？」

月草なら、御免被りたい。だが、それでも小住親分は、山越へ勝負を挑んだ。盛り場中から嫌がられ、皆に止めろと言われても、未《いま》だ突き進んでいる。

「大河内同心を、与力にする為じゃなかったとしたら。お華、そんなことをする訳は、何だ？」

お華の水の眼が、目の前で煌《きら》めく。寸《すん》の間《ま》立ちすくんだ後、月草は八丁堀の道を、また歩き出した。

6

山越の屋敷へ戻ると、色々なことが明らかになっていた。

やはりというか山越の手下達は、頼りになる者達だったのだ。そしてお華追い達も、使える面々だということを、今日も示してきた。

まずは手下から口を開く。

「川に浮いてた土左衛門ですが、殺されてやした。斬られてたんで、間違いねえ」

男は何と、山越が知っている相手だった。

「銀吉《ぎんきち》です。深川の臥煙だ」

相手が山越でも、喧嘩を吹っかけたというから、気の荒い男であった。先に突然家から消え、行方知れずになっていたらしい。

「足の彫物で、名が分かったんですよ」

一方お華追い達は、土左衛門の名を調べている間に、小住親分のことも聞き込んでいた。

「銀吉が行方知れずになった時、家の者に頼まれたと言って、あの親分が、銀吉のことを色々聞いていたようです」

お華追い達によると、その時小住は、銀吉が以前揉めた相手のことを、知りたがっていたという。

「銀吉は気が荒いだけでなく、賭け事が大好きだった。金を失っては荒れるんで、支配町の名主や、町の顔役から説教を食らい、今まで揉め続けてたそうです」

ならば町名主や顔役が、銀吉殺しを疑われそうなものだ。しかし今回町名主達は、銀吉の死とは関係ないと、はっきりしていた。

「少し前、丁度、深川で出水がありやして」

町の主立った者達は、水害の対応にかかり切りだったのだ。

「止める者がいない中、銀吉は身内の金を持ち出し、これ幸いと博打をしていたようです」

博打の相手は分かったが、銀吉が勝ったので、その時は揉めていない。その後、臥煙の銀吉は消えた。そして何故だか山越が、その死に関わっていると言われているのだ。

おじじ殿が、付け足した。

「以前、親分と銀吉が知り合ったのは、賭場だ。あいつが両国の東岸の賭場へ行った時、たまたま親分も、東にいたんだよ」

山越と縁ある顔役が仕切る賭場で、銀吉は金を失い暴れていたらしい。止めた山越へ殴りかかったので、親分が伸《の》した。

それで山越親分は、銀吉の名を覚えていたのだ。

「関わりは、それだけですか？」

「最近、もう一度会ったとは、親分から聞いちゃいねえ」

銀吉については、それ以上何も出ず、一旦話が途切れる。するとおじじ殿は、今のうちに言っておくと、他の件のことを月草へ伝えてきた。

「そうだ。月草の考え通り、うちの親分に、客人を押っつけておくことは出来たよ」

「そいつは、大変だったでしょう」

「確かにな。町名主じゃ、親分に屋敷から追い返されそうだった。で、親分が苦手としていなさる、御坊をお二方、呼んでおいた」

山越が自身番へ呼ばれたので、亡きおかみが、あの世で心配しているに違いない。読経をあげてもらおうと、分かるような、分からないようなことを言い、僧を屋敷へ招いたのだ。

「親分は嫌な顔をなすってたが。お夏お嬢さんが、御坊に会いたいと言ってくださったんだ。何とかなった」

すると、いつの間に部屋へ来ていたのか、話題の主の声が聞こえてくる。

「御坊の話は、そりゃ長かった。月草、あの坊主達を招いたのは、おめえの差し金だったのか」

おかげで山越は、随分と窮屈な思いをしたという。大親分は、ふくれ面をして月草を見てきた。

「坊主を呼ぶことになった事情を、全部話せ。気に入らなかったら、隅田川へ放り込む」

御坊達の話が、余程鬱陶《うっとう》しかったらしい。山越が断言したので、お夏が慌てて、お華を自分の膝《ひざ》へ引き取った。

「ええ、お話ししやす。話さなきゃならねえことがありやす。けれど親分、まずは小仕親分を、お屋敷へ呼んでくだせえ」

月草は最初に、そう頼んだ。

月草と畳一つ離れて座っていても、お華の声がすれば、皆は月草ではなく、お華が語っているように思うらしい。お夏がお華を膝に抱いたまま、月草が話し始めることになったので、お夏は喜んだ。

向かいには山越がいて、横におじじ殿も控えている。月草の左側、少し離れた場所に、呼びつけられた小住親分が座っていた。

昼間は役目があるだろうから、今日、大河内同心の姿は無い。岡っ引きの背後に、お華追い達や手下達がいた。

そして山越親分は、月草がお華の声で話し出した時も、不機嫌であった。

「親分さん、怖い顔だわ。ねえ、お夏っちゃん」

「おとっつぁんは、回向院の御坊方が、前々から苦手なの。若い頃からですって」

呼んだ御坊の名も出たので、いざという時泣きつこうと、月草は名を頭に刻む。それから、お華の声で語り出した。

「皆さん、これからする話が情けないものになったら、月草は隅田川へ放り込まれることになってるの。だから、聞いてね」

小住親分に来てもらった訳は、話していくと分かると言うと、岡っ引きが顔を顰めている。お華の声が、柔らかく響いた。

「どこから話したらいいかしら。今回、山越親分が自身番へ行くことになった騒ぎは、実は結構、前から話が始まってたの」

多分事の始まりは、亡くなった銀吉が、乱暴者になっていったことだ。

「銀吉さんを抑えられる人、多くなかったんでしょうね。賭場で銀吉さんを止めた、山越親分のことを、後々まで覚えている人がいたのよ」

そして、その件からかなり時が経った最近、銀吉は行方知れずとなった。

「その後、小住親分が山越親分を、捕らえると言い切った。小住親分は、大河内同心を本所方与力にする為だと、訳をはっきり言ったわ。無茶だけど、納得出来る話だった」

だから、もしかしたら、本当は別に訳があるかもしれないとは、誰も考えなかったのだ。

「少なくとも、あの時は」

お華の言葉を耳にした山越が、目をしばたたかせる。

「小住親分が騒いだのには、別に訳があったのか？　小住、本当か？　事情があるなら、今、己で話すかい？」

山越が声を掛けたが、小住は語らない。お華は、先を続けた。

「山越の敵方になった小住親分は、この両国じゃ、居心地が悪くなったはずなの」

なのに小住親分は、西の盛り場にある月草の小屋へ、通い続けた。皆は、小住親分が

〝まことの華姫〟を、味方にしたいのだろうと言っていた。

「それも、間違いじゃなかったと思う。でもね、あたしは小住親分が、このお華に会いたいんじゃなくて、両国へ来たいから、以前からうちの小屋へ通ってたんだと思ってるの」

月草の話芸は一回が短いので、木戸銭が安いのだ。しかも常連が多い。余所から何度も両国へ通うのを、誤魔化《ごまか》したい者にとっては、ありがたい小屋であった。お華は、山越へ絡む前から、小住親分が随分多く、両国へ来ていただろうと考えていた。

「何の為かって？　そりゃ銀吉さんが、両国の賭場へ来ていなかったか、調べる為だわね」

「何故だ？　どうしてあいつを両国で捜す？」

山越が問うと、お華は、お夏に腕を動かしてもらいつつ、真面目に答えた。

「ここは賭場が多いから。博打好きの銀吉さんなら、この盛り場に来たことがあると踏んでたのね」

銀吉は東岸の盛り場で、以前、山越親分と、一騒ぎ起こしている。小住親分は銀吉を捜している間に、その件を掴んだのかも知れないと、お華は続けた。

「そんなときね、小住親分は、皆が魂《たまげ》消るようなことをした。山越親分を捕まえると、当人の前で言い切ったのよ」

そしてその内本当に、山越は自身番へ呼ばれることになったのだ。居なくなった銀吉と、山越は揉めていたと、かなり前の話を、小住親分は同心達へ言っていたのだろう。

「その頃、深川の川縁で、いよいよ揉め事の大本が、水底から姿を現してきた。水の内で亡くなったお人は、やがて膨らんで、浮かび上がってくるものだから」

だから銀吉殺しの噂の相手が、たとえ大親分の山越でも、自身番へ呼ばれることになったのだ。

「でもね、考えて欲しいの」

隅田川で、死体が見つかった。もし、ここから話が始まっていたら、銀吉が居なくなった頃、誰と会っていたかを、本所方与力はまず探らせたかもしれない。

そして、ここ最近、銀吉が会った者の中には、山越親分は居なかった筈なのだ。

「でも今回は何故だか、既に山越親分が、人殺しの疑いを向けられてた」

しかも山越親分は、胡散臭い地の頭でもある。その上、随分前だが銀吉と出会っており、揉めたことすらある。

「疑いは、山越親分へ向いたのよ」

だが、確たる証が出てくるはずもない。山越が、やってもいないことを白状することもない。適当に捕らえるには、山越は大物過ぎるのだ。

「つまり、このままだと銀吉さんの死は、よく分からないままになっていったと思う」

そしてそれが、それこそが、苦労し我慢して、事を成していった一番の目的ではないかと、お華は思っているのだ。

「ねえ、小住親分。そうよね？」

小住が山越へ、昼の日中《ひなか》から無茶を言い、絡んでいった訳。それは、だ。

「銀吉さん殺しを、うやむやのまま、葬り去りたかったからじゃないかしら」

お華はここで、一旦口をつぐんだ。

7

お華が一息つくと、部屋内にいた者達が、息をするのも我慢していたのか、ふっと息を吐いた。

月草も、話し通しであったので、冷えた茶を、ありがたく頂いた。

すると山越の親分が、ちらりと小住へ目を向けてから、こんな時だからこその、落ちついた声で、お華へ問うてくる。

「お華は小住親分が、銀吉を殺《あや》めたと考えてるのか」

首を横に振った。

「いいえ。もし小住親分が、間違いでも何でも、人を殺めたとしたら。さっさとお江戸を、離れてると思う」

小住親分には、身内はいないのだ。そして、引き取ってくれた大河内同心は、町奉行所の者であった。

「使っている岡っ引きが、人殺しだと分かったら、大事になるもの。そういう騒ぎが起きる前に、上方へでも消えてるでしょう」

つまり銀吉を手に掛けたのは、今、この場にいる小住親分ではないのだ。

だが、しかし。

「死体が浮かんでくる前に、色々動いたのは、小住親分だもの。川底に銀吉さんがいることは、知っていたと思うわ」

海まで流され、誰の目にも触れないことを、小住親分は願っていたはずだ。もしそうなったときは、山越が人殺しかもしれないと、同心達へ伝えた失敗は、被《かぶ》る気だっただろう。

ところが。

「水底から、死体が浮き上がってきてしまった」

その上、山越親分が危ういと、手下達やお華追い達までが動き出し、要らぬ事が表に出てこないか、心配になった。

「余程心配だったのかな。だから、なりふり構わず、この〝まことの華姫〟が、小住親分の味方だと、言いふらしたりしたわね」

華姫が小住親分の味方だという、己がついた嘘に、小住は縋《すが》ったのだ。お華がここで、山越へ目を向けた。

「親分さん、どうしてだと思う？」

山越家の部屋は、また静けさに包まれる。じき、山越がゆっくりと口を開いた。

「そうか。小住親分は、大河内同心を庇ったのか」

それならば納得出来ると、山越が言う。

「多分小住親分は、大河内同心が、銀吉を斬り殺しちまった場に、いたんだな」

どうすれば事を切り抜けられるか、岡っ引きは必死に考えたに違いなかった。

「小住親分じゃ、同心の身代わりにゃなれねえ」

小住は、刀が扱えないからだ。そして、小住親分にとって都合が悪かったことに、銀吉と不仲だった近所の名主などは、出水の件で集まっていた。その内の誰かに、銀吉の死を押っつけることが、出来なかったのだ。

「それでも小住親分は、諦めなかったんだ」

「それで、賭場のある両国へ、何度も来た。お華は、そう思ってるわ」

銀吉を殺した役を、引き受けてもらう誰かを、見つけねばならなかった。水に沈んだ銀吉が、万一、浮かび上がってくる前にだ。

刀か長脇差《わきざし》が、扱える者でなくてはならない。

銀吉と、顔見知りであって欲しい。

探していくと、思わぬ相手に巡り会った。盛り場の親分、山越だ。

「そういう事情で、おれが選ばれたのか」

魂消る顔に、お華が頷いた。

「親分さんじゃ、銀吉さん殺しを押っつけるのが難しそうで、小住親分は最初、頭を抱えたでしょうね。でも考えようによっちゃ、都合の良い相手だった」

山越ならば、人殺しがあったということ自体を、うやむやに出来そうだったのだ。残された身内へ金を出し、諸方へ頭を下げ、全て無かったことに出来ると思ったのだろう。

「それで、山越親分に逃げられないよう、盛り場で言いがかりを付けたのかな。更にお華の名を使って、皆に、山越親分が銀吉さんを殺めたと、信じさせようとした」

小住親分は、必死だったに違いない。山越が、うなだれている小住に声をかけた。

「大河内同心は、小住親分へ、馬鹿を止めろとは言わなかったのか？」

小住親分が黙っていると、山越親分の顔が仁王のようになり、畳を拳固で叩《たた》いた。どんっと、辺りに音が響くと、びくりと身を揺すった岡っ引きは、ようよう口を開いた。

「おれが、事を始末させて欲しいと頼んだんだ」

話を認めた一言に、おじじ殿とお夏が、息を吐き出している。山越は……口を歪《ゆが》めた。

「本当だ。旦那は、上役へ正直に話すと言ったんだ」

博打で金をすって、酔ったあげく、本所方同心へ殴りかかってきた、銀吉が悪い。

「あいつ、本所方与力の中林様や、同役の山下様の前じゃ、大人しくしてるんだ。けどさ」

何故だか銀吉は、大河内同心へは、たまに絡んでいたのだ。その差が、時と共にはっきりしてきて、大河内同心は銀吉を嫌っていたと、小住親分は口にした。

するとと何故だか銀吉から、更に絡まれた。そんなことが重なったあげく、ある日気が付いたら、大河内同心は銀吉を、川端で斬っていたのだ。

「銀吉は川へ落ちて沈み、手が出せなかった。だがその内、川底から浮かび上がって来るかも知れねえ。おれが斬ったと言っても、多分信用されねえ」

小住親分は頭を抱えた。

それでも小住は、大河内同心を助けたかったのだ。人を斬ったと町奉行所に知れたら、ただで済むとは思えない。

銀吉は博打打ちだが、日頃から短い刃物一本、持ってはいなかった。素手の酔っ払いを、同心が刀で斬り殺したのだ。

「おれが身代わりに、なれれば良かったのに」

小住親分の声が、小さい。あげく、小住親分は山越に目をつけ、迷惑を掛けた。

しかも、それを暴かれてしまった。

「親分さんには、謝ります。けど、やったことを、後悔しちゃいねえ」

小住は今でも、大河内同心を助けたいのだ。もう駄目だと分かっていても、それでも何とかしたい。あがきたい。

「親分、山越親分へ馬鹿を仕掛けたのは、この小住だ。おれの命と引き替えに、大河内同心を、助けちゃもらえませんか？」

　すると、山越は即答した。

「嫌だね。おれは、てめえの始末もつけられねえ同心なんぞ、嫌《き》れえだ」

　自分を慕っている岡っ引きが、己の罪ゆえに、無理と無茶を重ねていることを、大河内は知っていたはずであった。両国の盛り場で、山越相手に馬鹿を言えば、それこそ隅田川へ放り込まれかねない。

「本所方同心なら、百も承知していることだろう。なのにあの旦那は、今も、やったことの始末を、己でつけちゃいねえ。己の岡っ引きを放ったままだ。気に入らねえ奴だ」

　そんな弱い根性だから、銀吉を斬ることになったのだ。言われた小住親分の目から、涙が転がり落ちる。止まらない。両手を畳に付け、ただ泣き続けている。

　山越が、その泣き顔を見ても引かず、きっぱりと言った。

「本所方与力の、中林様を呼びな。この山越が自身番へ伺うより、おいで頂いた方が良いことだとお伝えしろ」

　中林は直ぐに来るだろうと、山越親分が言う。小住親分は、もう話をすることが出来ず、ただうめき声と共に、泣き崩れていった。

　月草は、お夏からお華を受け取ると、お華追い達と座を離れた。

ここから先の話は、芸人やお華追い達が、関わって良いことではない。台所の出入り口へ向かうと、おじじ殿が追ってきて、皆へ、今日の件は噂にするなと止めた。揃って頷くと、気前の良い金子《きんす》を渡してきたので、月草はそっくりお華追い達へ渡して、分けてくれるよう伝えた。

おじじ殿が笑う。その背後から、お夏が顔を見せてきた。

「月草は、幾らか貰《もら》わなくてもいいの？　小屋を休んだし、八丁堀まで、舟に乗ったって聞いたわよ」

「騒ぎに片が付いたんで、早々にまた、話芸を始められやす。銭はそこで、お華と一緒に稼ぎますから」

両国の盛り場は芸人達にとって、ありがたい場所なのだ。

「大丈夫、船賃くらい、お華が稼いでくれやすんで」

するとお華の明るい声が、山越の台所に響く。

「そうそう。このお華がいれば、月草でも一人前に、働くことが出来るもの。この両国に行き着いて良かったわね」

「ああ、お華と一緒に舞台に立てて、ありがたいと思ってるよ」

月草が、お華の機嫌をとるように言うと、周りに居たお華追い達が、大いに頷く。そして楽しげな声で、歌うように言ったのだ。

「華姫、〝まことの華姫〟、今日も奇麗だね。おれ達は華姫の為なら、何でもするさ。頼りにしてくれ」

「あら、嬉しいわぁ。お夏っちゃんも、また小屋へ来てね」

「ええ、明日、行くから」

互いに手を振りつつ、勝手口の方から大勢で屋敷を出ると、その様子を通りかかった者達が、興味深げな目つきで見てくる。

お華が笑って、小声で言った。

「この分だと、あたし達が何も言わなくても、事が終わったたって噂は、直ぐに盛り場中へ流れるわね。明日にはいつものように、小屋へお客が来てくれるわ」

そしてまた両国で、いつもの毎日が始まるのだ。月草はお華やお客達と、他愛《たわい》も無い話を、毎日するのだろう。

両国には月草のように、己が生きていける場を求め、流れてきた者がいる。仕事を失って、ここへ行き着いた者もいる。この盛り場は、数多の者達にとって、己が、息をしていてもいい場所であった。

(日の本には、優しく懐かしい地が、一杯あるだろう。そこで生まれた者達の、古里だ)

だが、その地で暮らしていけなくなった者が、転がり込める場所が、広い日の本の中、一つや二つあっても良いだろうと思う。この両国の盛り場でなら、昨日までを失い、泣く事すら出来なくなった者も、何とか明日を迎えていけるのだ。

そんな場所だからこそ、山越の跡取り問題は、これからもまだ、荒れそうな気はする。

だが山越の親分が、自分がきっちり仕切ると言い切っているのだから、心配することもないと、月草には思えてきていた。

(きっと、お夏お嬢さんが年頃になったら、この男ならば次を任せられると思える相手と、添うことになるんだろう。そういう事になる気がするよ)

不思議な程、何故だか安心出来る気がして、月草は笑みを浮かべた。

(小住親分、もう岡っ引きじゃいられねえだろう。だが、それでも生きていかなきゃな)

そしてこの地でなら、それも叶《かな》う気がしているのだ。月草とお華は、お華追い達に笑みを向けると、小屋がある方へと足を踏み出していった。

終

ねえ、姉さん。お夏は、また来ちゃった。

こうして姉さんと話していると、ほっと出来るからかな。あたし、姉さんのこと、ずっと大好きだった。姉さんはお夏にとって、おっかさんと姉さんを、合わせたようなお人だったんだもの。

それでね、姉さん。ここ暫《しばら》く、あたしの周りは、騒がしいことが多かったの。一番の騒ぎは、あたしや、おとっつぁんが、病に罹ったせいで、起こった。両国の皆は、おとっつぁんの次に、両国の盛り場を支えていく者が誰になるのか、それを気に掛けたの。

あ、あたし姉さんに、お華のことを、もう話してるわよね？

うん、そうなの。お華は芸人月草と一緒に小屋に出て、話芸で稼いでる姫様人形よ。

あたしの一番の、お友達なの。

でもお人形なんだから、実際に話しているのは、口を動かさずに話芸をこなしてる、月草だろうって、姉さんは思うのね？

人形を動かすのも、声音を使って話しているのも、月草だって。

もちろん、そうなんだ。だけど……やっぱりお華と月草じゃ、言うことも、声も、考え方まで違う気がするの。

お華は、お華。月草は月草なんだもの。何故かしら、そこははっきりしている気がするのよ。

でね、お華が言ったように、ここ暫く、両国じゃ、跡取りのお話が、色々聞こえて来たの。その話に関わっているからか、あたし、二人の兄さんにも会えたのよ。

姉さんも驚いた？　あたし達には、兄さんがいたの。もし、おとっつぁんが亡くなったら、あたしは一人きりになる気がしてたけど、兄弟が現れたのよ。嬉しかった。

ただねえ、おとっつぁんに男の子がいたからって、じゃあ、その人が跡取りに決まるかっていうと、そうでもなかったみたい。

この両国の盛り場じゃ、大きな土地と、大勢の人と、大枚を仕切る器量がないと、山越の親分を名のることが、出来ないみたいなの。

おまけに、一人の兄さんはお武家で、両国に住むことはないみたいだし。もう一人の兄さんは、親分になるなんて言い出したら、川へ叩き込まれて、亡くなっちまうと、おじじに言われる始末だったの。

親分を名のるのって、本当に大変なことなのね。

そういえばおとっつぁんは、姉さんの許嫁《いいなずけ》だった正五郎さんのことも、親分には足りないって言い出してた。じゃあ一体、誰なら〝親分に足りる〟のかしらって、あたし、首を傾《かし》げたわ。

そうしたらね、お夏っちゃんのお婿さんが、いずれは山越の親分になるんだろうって、お華が言ったの。

あたしのお婿さんなら、次の〝山越の親分〟に、足りるのかしら？　あたし、とっても凄い人を、お婿さんにするべきなの？

あたし、もう少しお針が上手くなったら、お嫁入りの先を見つけられると思うの。だから、凄いお婿さんを取らなくても、いいと思うんだけどな。

両国を背負うのって、本当に大変そうなんだもの。皆が、この人なら頭《かしら》にして大丈夫っていう御仁《ごじん》が現れたら、そのお人に両国を託せば、いいと思うの。

あのね、実はおとっつぁんも、それでいいって言ってるのよ。親分の座は要らない、お夏だけを貰いたいって酔狂な男が現れたら、嫁にやってもいいって、あたしにこっそり言ったもの。

次の親分は、両国の皆が承知した者を、養子にすればいい話だって、断言したんだから。

それを聞いたおじじ達は、あっさりし過ぎてるって、溜息ついてたけど。でも、おとっつぁんとあたしがそれでいいなら、構わないわよね？

小屋に、話芸を聞きに行った時、あたし、月草にもその話を言ってみたの。そしたらね、月草は困ったような顔して、笑ったわ。

そしてね、あたしのお婿さんなら、たとえ余所の出のお人でも、この両国に馴染んでいる者なら、皆は多分承知する。でも、ある日、余所から来た人が、突然頭になるって言っても、盛り場は揉めるっていうのよ。

その人が、腕が立って、丈夫で、人柄が良くて、大金を上手く扱えても……両国を分かってないと、あっさり、受け入れられはしないだろうって。

姉さん、あたしね、未だに月草が話した事の、訳が分からずにいるの。何で駄目なのかしら。

八卦見《はっけみ》がそういう先々を、占いでもしたのかしら。

困ったんで、お華へ訳を、問うてもみたんだけど。でもね、お華は何故だか、その問いには、答えてくれなかったの。

ただ、奇麗な木偶《でく》人形の顔に、不思議な笑みが浮かんでいるように、あたしには見えたわ。

姉さん、一体どういうお人が、両国の、次の頭になるのかな。そして、どんな明日《あした》を連れてくるのかしら。

あたし、その明日を見てみたいと、今から思っているの。

解説

大矢《おおや》 博子《ひろこ》（書評家）

江戸一番の盛り場、両国。

見世物小屋や料理の屋台が立ち並ぶ中、人気を博しているのは華姫という名の木偶《でく》人形だ。人形遣いの月草が声音を使って華姫と会話をするという話芸——つまりは腹話術である。

この華姫、サイズが四尺と六、七寸というから小学校高学年の子どもくらい。月草はそれをまるで生きているかのように操る。だが彼女が人気なのは、見た目の絢爛《けんらん》さもさることながら「まことを語る」という評判ゆえだ。もともと真実を告げる不思議な井戸の水からできたという目を持つ華姫は、厄介ごとや事件の裏側を見抜いて「まこと」を語る——と、言われているのである。

だもんだから華姫が登場する見世物小屋は客が引きも切らない。お華追い、と呼ばれる華姫ファンたちのみならず、自分の悩みについて華姫に真実を教えてほしいと思う人が詰め掛けるのだ。

そんな華姫と月草のコンビが読者の前にお目見えしたのは、二〇一六年に出た『まことの華姫』(後に角川文庫入り)だった。

両国の盛り場を仕切る地回りの頭・山越の長女が、意に沿わぬ縁談を悲観して川に身を投げた——と思われていた。が、その妹で、今となっては山越のひとり娘となったお夏があることに気づいたため、事態が思わぬ方向に動き出す。あわや、というところで真実を見抜いたのは月草と華姫の推理だった。

そこから両国で起きるさまざまなトラブルを月草と華姫が解決していくようになる。本書はそのシリーズ第二弾だ。

いや待って、「月草と華姫の推理」とか「月草と華姫が解決」とかって書いたが、あくまで腹話術。華姫は人形に過ぎず、語ってるのは月草なのだ。推理も解決も月草ひとりの手腕——のはずである。

けれどやっぱり「月草と華姫」なんだよなあ。

そしてそれが本書の大きな魅力でもあるのだが、まあそれは後述するとして、まずはこの第二弾の内容をざっと紹介しておこう。

収録されているのは五編。第一話「お華の看病」では、山越の親分とお夏がそろって麻疹《はしか》に倒れてしまう。まだ十三歳のお夏はまだしも、大人になってからの麻疹は怖い。山越の親族たちは跡目が気に掛かる様子だ。そんなとき月草は、山越の手下の一人が猫いらずを買っているのを見てしまう。

第二話「二人目の息子」は、山越がお夏の母と添う前につくった息子が登場する。そういう息子がいるのは事実だが、名乗りを上げてきたのは、明らかな贋者だった。

第三話「お夏危うし」は、亡くなった姉の許嫁で、今も山越の跡取り候補筆頭と思われていた正五郎が行方不明になる話だ。それにお夏がかかわっているのではないかというのだが――。

第四話「かぐや姫の物語」では、お夏の婿にと名乗りを上げた男たちが、本人や山越の意向を無視して勝手に争奪戦を始めようとする。そして最終話「悪人月草」は、なぜか月草が山越の親分を陥れようとしているらしい、という不穏な噂で幕を開ける。

こうしてみるとお気づきの通り、今回のテーマは跡目争いである。

うまいなあ、と思ったのは、これが盛り場を仕切る立場の跡目をテーマにしていること。武家なら長男が継ぐものと決まっている。商家や職人なら、息子でもいいが、腕のいい手代や弟子を娘と一緒にさせて跡を継がせる手もある。山越のような地回りも、大枠では商家や職人と同じだろう。

だがひとつだけ、大きな違いがある。盛り場を仕切るということは、両国で働く人すべての生活を左右する立場であるということだ。自分の家中はもちろん、芸人、商売人、その家族。盛り場から上がってくる金を集め、分配する一方で、トラブルがあれば出張って解決する。いわば共同体の面倒を見るリーダーなわけで、商家の主人というよりは政治家の立場に近い。

だから山越の跡取り問題は両国をあげての大騒ぎになる。どんな人物がリーダーになるかで自分たちの生活が大きく変わるのだから当たり前だ。今の選挙も同じ理屈なので、同じような騒ぎにならないとおかしいのだが、それはともかく。

つまり地域を巻き込んだお家騒動だ。それによって本書にはさまざまな読みどころが誕生した。ひとつは、ただ無邪気なだけだった十三歳のお夏が自分の立場を自覚する過程。もうひとつは、お夏と両国を守ろうとする山越はじめ大人たちの「大人とはかくありたい」と思わせてくれる姿。そして、本書最大の読みどころは、お華追いの面々の活躍にある。

お華追い、つまりは華姫の追っかけ。月草と華姫の小屋に通い、華姫に声援を送り、場合によっては初心者にファンの心得を指導する。世が世ならペンライト片手にオタ芸を繰り広げるであろう一団だ。人形の追っかけ？　と首を傾げるなかれ。今で言うならヴァーチャルアイドルのファンと考えればいい。

彼らが、シャーロック・ホームズにとってのベイカーストリート・イレギュラーズさながらに、華姫の手足となって駆け回る。前作ではさして出番のなかった追っかけたちの活躍が描かれるのも、山越の代替わりが地域の問題だからなのだ。

各話で描かれる事件は、地域や武家、八丁堀をも巻き込んで展開する。江戸という雑多な町の息吹がここにある。もちろん、ミステリとしても読み応え充分だ。今回も華姫の鮮やかな推理を堪能していただきたい。

さて、「月草と華姫」問題である。

前作から読まれている読者はすでにご承知だろうが、本書の大きな魅力に華姫のキャラクターがある。キュートでお茶目で賢くて機転が利く。人形なんだけど。多くのファンを持ち、彼女を頼って人が集まる。人形なんだけど。

彼女を喋らせているのは月草に他ならない。だから彼女の言葉は月草の言葉のはずだ。なのに読者は（登場人物も）、いつの間にか華姫を独立した人格のように感じてしまう。月草の一人二役ではなく、月草と華姫のコンビ芸のように感じてしまう。

作者が妖怪モノを看板とする畠中恵なので、華姫ももしかしたらと思わないでもないが、どうやら本当にこのシリーズには今のところファンタジー要素はないらしい。

であるならば、この趣向は何なのか。

これは誰もが持っている多面性の象徴なのではないか、と私は読んだ。

気弱で影が薄く、どちらかといえばヘタレな月草。第一話で猫いらずが自宅の行李《こうり》から出てきたときの慌てようをご覧いただきたい。そしてその慌てようを、華姫は皮肉るのである。

怖がりな部分も、それを情けなく思って笑う部分も、同じ人間の中にある。強さと弱さ、善と悪、賢さと愚かさ、優しさと狡さ。そんないろんなものが混じり合ったのが人間で、月草は華姫を通して語るときだけ、自分の中の違った一面が出せるのではないだろうか。面と向かって話すのと文章とではキャラが変わって見える人がいるが、月草はそれを華姫を通してやっているのではないか。

そんな人間の多面性をプリズムのように反射させた「二人」の目を通しているからこそ、華姫（になっているときの月草）には「まこと」が見えるのではないか。

作中には何度も、真実を知るのは怖いこと、という趣旨の言葉が登場する。本当のことが知りたいと言いながら、人は「自分の望む真実」を求めてしまう。意に沿わないときは聞かなかったことにしたり、出鱈目《でたらめ》だと信じなかったりする。ともすれば真実をねじ曲げようとすらしてしまう。それは人間の弱さと言っていい。

だが人は決して弱いだけではない。そんな弱さを克服するだけの強さもまた、人は持っているのだと、持っているはずなのだと、月草と華姫の関係が教えてくれているような気がしてならないのである。

山越の跡目争いはまだまだ解決しない。これからのお夏はたいへんだ、と華姫は言う。華姫が言うからにはそれは「まこと」なわけで、すでに続きが読みたくてじりじりしている。いっそ華姫に「続きは〇年後に出るよ」と言ってもらえないだろうか。そうすればきっとそれが「まこと」になると思うのだが。

本書は、二〇二〇年六月に小社より刊行された
単行本を、文庫化したものです。

あしたの華姫《はなひめ》

畠中《はたけなか》 恵《めぐみ》

令和5年 7月25日 初版発行

発行者●山下直久

発行●株式会社KADOKAWA
〒102-8177 東京都千代田区富士見2-13-3
電話 0570-002-301（ナビダイヤル）

角川文庫 23727

印刷所●株式会社暁印刷
製本所●本間製本株式会社

表紙画●和田三造

ISBN 978-4-04-113777-2 C0193

◇◇◇

角川文庫発刊に際して

角川源義

第二次世界大戦の敗北は、軍事力の敗北であった以上に、私たちの若い文化力の敗退であった。私たちの文化が戦争に対して如何に無力であり、単なるあだ花に過ぎなかったかを、私たちは身を以て体験し痛感した。西洋近代文化の摂取にとって、明治以後八十年の歳月は決して短かすぎたとは言えない。にもかかわらず、近代文化の伝統を確立し、自由な批判と柔軟な良識に富む文化層として自らを形成することに私たちは失敗して来た。そしてこれは、各層への文化の普及滲透を任務とする出版人の責任でもあった。

一九四五年以来、私たちは再び振出しに戻り、第一歩から踏み出すことを余儀なくされた。これは大きな不幸ではあるが、反面、これまでの混沌・未熟・歪曲の中にあった我が国の文化に秩序と確たる基礎を齎らすためには絶好の機会でもある。角川書店は、このような祖国の文化的危機にあたり、微力をも顧みず再建の礎石たるべき抱負と決意とをもって出発したが、ここに創立以来の念願を果すべく角川文庫を発刊する。これまで刊行されたあらゆる全集叢書文庫類の長所と短所とを検討し、古今東西の不朽の典籍を、良心的編集のもとに、廉価に、そして書架にふさわしい美本として、多くのひとびとに提供しようとする。しかし私たちは徒らに百科全書的な知識のジレッタントを作ることを目的とせず、あくまで祖国の文化に秩序と再建への道を示し、この文庫を角川書店の栄ある事業として、今後永久に継続発展せしめ、学芸と教養との殿堂として大成せんことを期したい。多くの読書子の愛情ある忠言と支持とによって、この希望と抱負とを完遂せしめられんことを願う。

一九四九年五月三日